Coucouaurélien

fenêtres

une histoire de vie à vie

kiwi

Pour celles et ceux
qui franchissent
les fenêtres.

Chapitre 1

Il faut vite
que je me dépêche
de devenir
une personne
intéressante,
je commence
à perdre mes cheveux.

Lui

Je ne sais plus depuis combien de temps je monte les étages, j'ai le sentiment d'avancer dans l'escalier de Penrose, cette figure impossible qui fait retourner au point de départ la personne qui le parcourt. Je suis surtout arraché. À travers son œilleton, la commère du dessous doit s'offusquer de me voir déambuler comme un pantin sur son palier. J'ai beaucoup trop bu et je m'apprête à passer ma première nuit dans le meilleur endroit du monde, un nichoir de neuf mètres carrés, au sixième étage d'un immeuble haussmannien. Le genre de chambrette qui passe dans *Envoyé spécial*. Ça ne m'étonnerait pas de de voir Élise Lucet toquer un jour à ma porte, tant mon appartement est vétuste et mon propriétaire un voleur. Apparemment, 600 euros, c'est le prix pour la plus petite loge, avec vue sur Seine. Il est ridiculement petit, mais je l'adore, mon premier appartement seul. Enfin seul ! Fini les horaires des repas, fini les « Tu dors pas encore ? », les « Tu dors encore ?! » ; je vais pouvoir l'agencer comme je veux, mon petit nid perché en haut de sa branche.

Tout à l'heure, en venant faire l'état des lieux, j'ai remarqué que je pouvais enjamber la fenêtre de la cuisine (je dis cuisine, mais c'est aussi la fenêtre de la chambre, de la salle de bain et des toilettes), marcher sur le zinc chaud du toit de l'immeuble et, de là, surplomber toute la capitale ! Je vais pouvoir faire comme dans les clips, boire des bières avec mes potes là-haut ou alors me poser avec un livre et contempler la nuit qui s'abat sur le paysage urbain. Le grondement des voitures qui circulent dans les fissures de la ville, l'immensité du ciel en haut, et moi, suspendu entre les deux.

Chapitre 1

Mes pensées sont confuses, mais il y a une phrase que je n'arrive pas à m'ôter de la tête. À la soirée, tandis qu'on fumait une cigarette au bord de la fenêtre de sa cuisine, Arthur m'a dit : « De toute façon, soit tu baises Paris, soit c'est elle qui te baise. » Et, à son intonation, on pouvait sentir qu'il était fier de sa tournure, voire qu'il sortait cette phrase régulièrement, dès qu'il rencontrait une nouvelle tête pour sous-entendre que lui, il l'avait baisée, Paris. Sur le coup, j'étais subjugué, prêt à en faire ma devise. Mais, maintenant, plus je la tourne dans ma tête (ou plus je décuve), et plus je la trouve facile, cette phrase, et pas si motivante que ça. La plupart des gens se font baiser par cette ville, et même par le monde entier, finalement. Ça sert pas à grand-chose de les accabler d'avoir mis de côté leur carrière de rêve pour élever leurs enfants, ou de ne pas avoir eu la chance d'avoir eu le bon contact au bon moment. Il n'y a d'ailleurs pas de raison pour que je ne fasse pas partie du lot. Mais je me laisse le bénéfice du doute ; allez, je vais tout de même me jurer que, moi aussi, je vais tout faire pour la baiser – ou plutôt, lui faire l'amour, à cette ville.

Le lendemain, au réveil, je dilue la discussion de la veille dans les cinq litres d'eau que je bois pour me réhydrater. Je suis en sueur ; qu'est-ce qu'il fait chaud sous les combles, et le soleil donne en plein sur mon lit dès le lever du jour ! L'avantage, c'est que je suis prêt pour la journée qui m'attend, et aujourd'hui, je n'ai qu'un seul objectif : trouver du travail !

Je fais alors ce que n'importe quelle personne débarquant dans une ville inconnue fait dans ces cas-là : je vais à l'imprimerie tirer trente CV sur lesquels j'ai rassemblé stages, jobs d'été, babysittings… Puis j'entre dans chaque restaurant, bar ou épicerie que je croise et j'y dépose mon maigre bouquet curriculaire. Après avoir fait deux rues, je dois retourner à l'imprimerie pour en tirer cent, cette fois. « Trente euros, s'il vous plaît », sérieux, trente centimes la photocopie noir et blanc, ils sont pas chiés ! Heureusement, l'investissement a payé, le soir, je monte les six étages de mon immeuble avec des ampoules aux talons, mais deux entretiens à partir de demain.

Le premier en tant que garçon de café dans un bar du bout de la rue, un de ces fameux bistrots aux abat-jours rouges que l'on croise à chaque carrefour de la capitale. De ceux qui vous font dire : « Ah mais, je suis déjà passé par ici ! Ah non. » Je me pointe un quart d'heure en avance, pantalon noir, chemise noire, café noir. Le patron, un homme petit, toujours au téléphone, la chemise blanche ouverte sur un torse velu et une chaîne en argent, m'avait prévenu qu'il voulait me voir à l'œuvre une heure ou deux. Pas de problème, le bar me semble bien, l'idée d'y travailler ne me dérange pas. Mais il se trouve qu'en l'espace d'une heure, j'ai eu le temps de casser deux verres et de renverser une tasse de thé sur un client. Bref, c'est sans surprise que, pour moi, l'aventure s'arrête ici.

Quelques heures plus tard, le temps d'acheter une paire de chaussures de sécurité aux bouts métalliques réglementaires et de me changer, c'est dans une brasserie française étoilée au Michelin que je dois maintenant faire mes preuves. Je traverse une mer de tables sous les parasols déployés pour arriver jusqu'à l'entrée du restaurant. Les serveurs aux allures de mannequins, vêtus de costumes noirs trois pièces avec nœud papillon, me souhaitent la bienvenue et me conduisent jusqu'au directeur, qui se trouve dans l'arrière-salle en train de réceptionner une commande.

Chapitre 1

– Ici, tout ce qu'on cuisine est frais et vient du marché. L'été, ce que les gens commandent le plus, c'est principalement les poissons et les fruits de mer, mais on sert aussi de la viande, des salades, etc., me dit-il en me proposant une fraise qu'il a piochée dans une cagette où des centaines d'autres sont rangées de façon militaire.

On passe à l'arrière-cuisine. Elle n'est pas bien grande et n'a pas de fenêtre. Chaque chose a sa place, les ustensiles comme les cuisiniers. Un îlot central me fait face, derrière se trouvent les fourneaux, des casseroles en cuivre pendent comme dans les films. Un homme est affairé à débiter des pommes de terre en cubes. Il se dégage une force paisible de ses mouvements, une élégance. Ses doigts tiennent fermement le légume, et l'autre bras abat d'un coup net le couteau sur la planche, fendant au passage la patate avec une régularité mécanique. Il interrompt son travail et me tend son poignet pour me saluer (apparemment, on fait comme ça, dans le métier).

– La machine est en panne, on fait pas ça tous les jours, dit-il en esquissant un sourire. Moi, c'est Oualid, c'est toi, le nouveau ? Tiens, tu vas m'aider à préparer le repas pour l'équipe, t'as pas mangé avant de venir, j'espère ?

Cette première journée est assez calme, j'ai le temps de sympathiser brièvement avec mes potentiels futurs collègues, du moins jusqu'à ce que le coup de feu arrive. Le coup de feu, c'est l'heure à laquelle s'arrangent tous les clients pour entrer au même moment dans un restaurant. Sans blague, ça fait l'effet d'une tempête, d'un torrent, d'un train lancé à grande vitesse qui arrive dans un vacarme et vous dépose trois heures plus tard sans que vous ayez trop compris ce qui s'est passé. Hop, en un claquement de doigts, vous êtes en train de ranger votre plan de travail et de passer la serpillère, vous puez la friture et, en sortant les poubelles, vous vous rendez compte que, dehors, il fait nuit noire et qu'il est l'heure de rentrer chez vous, comme le carrelage de la cuisine, lessivé. Ma mission, au milieu de tout ce vacarme ? Je compose des salades niçoises ou bien je passe le chalumeau sur les crèmes brûlées. En comparaison aux autres, ce que je fais ne sert strictement à rien, mais ça ne m'empêche pas d'y mettre tout mon cœur.

La soirée d'essai terminée, voilà ce qu'on peut entendre s'échapper du fond de la cuisine :

– Bon, t'as vu, c'est *speed,* hein, mais tu te débrouilles bien. Si ça te botte, tu es à nouveau le bienvenu demain, tu t'occuperas des entrées et des desserts, comme ce soir. Quarante heures par semaine, payées le Smic, deux jours de congé consécutifs, deux services par jour. Tu viendras à onze heures le matin et à dix-huit heures le soir afin de préparer avec Oualid le repas pour toute l'équipe. Les employés qui le souhaitent peuvent manger ici avant chaque service, autant te dire que tout le monde mange ici, dit le directeur qui ne dissimule pas sa fierté pour la qualité de sa table. Pour l'heure de départ, je ne peux te donner qu'une approximation, tu sais comment c'est, en restauration, si une table traîne et décide de prendre une glace en dessert, il faut que la personne chargée de faire des glaces puisse le faire.

– Bien sûr, je comprends, ce serait avec plaisir ! Merci beaucoup, monsieur ! dis-je sur un ton beaucoup trop enjoué pour prétendre à la moindre négociation.

Chapitre 1

En rentrant chez moi, je fais le calcul dans ma tête. Repas gratuits, cinq jours par semaine ! Sept euros par repas, admettons, midi et soir : soit quatorze euros par jour. Ce qui me fait pas moins de deux cent quatre-vingts euros par mois ! Plus ma paie, et je mangerai dans un restaurant étoilé, s'il vous plaît ! Bref, ce soir, je monte les escaliers pieds nus, avec mes ampoules aux talons à peine cicatrisées auxquelles viennent maintenant s'ajouter des ampoules aux orteils. Il va falloir que je me fasse à ces chaussures de travail, le bout en métal m'écrase les pieds. Je passe la porte de mon appartement, bordel qu'il fait chaud là-dedans ! J'ouvre la fenêtre, m'écroule sur mon lit une place et m'endors dans la minute.

Chapitre 2

Il existe un terme
pour la phobie
des conversations groupées ?
Sinon,
je lui donne mon nom.

Elle

– Mais Mamie, viens t'asseoir avec nous au lieu de passer le repas aux fourneaux, je suis assez grande pour aller la faire, ma galette.

– Oui, mais tu sais pas comment faire, si ?

– Oh, sans vouloir te vexer, je t'ai déjà fait des infidélités en matière de crêpes, et je m'en suis très bien sortie. Allez, assieds-toi, c'est un ordre, dis-je en plaisantant, tout en raccompagnant ma grand-mère à sa chaise, la tenant par ses frêles épaules.

J'entre dans la cuisine ; un doux parfum de blé noir, d'œuf chaud, de gruyère et de beurre fondu embaume la pièce. Je me dirige vers la plaque de cuisson et passe la main au-dessus pour vérifier qu'elle est suffisamment chaude. Je découpe un morceau de beurre et le fais glisser dans la poêle ; il crépite tout en continuant sa course et finit par disparaître comme une étoile filante sur le Téflon noir. C'est la meilleure mélodie du monde. Je dépose maintenant du bout des doigts la galette, côté pile, puis côté face, voilà, comme ça, il ne reste plus qu'à déposer une louchée de fondue de poireaux et quelques noix de Saint-Jacques. Elle est parfaite.

Tous les samedis, je passe voir mes grands-parents. Que je sois sortie la veille, que j'aie des choses à faire l'après-midi, qu'il pleuve, qu'il neige ou qu'il vente, je loupe le moins possible notre rituel. Bon, seules les grèves peuvent mettre à mal nos rendez-vous. Ils habitent dans une petite maison au bout de la ligne de RER A. Au début, je le faisais pour eux, mais je me suis rendu compte avec le temps que ça me faisait aussi beaucoup de bien à moi. Certains vont au yoga, au salon de massage ou à la salle de sport pour décompresser de leur semaine, moi, tous les samedis, à midi, je mange des galettes sur une toile cirée délavée. Ici, c'est comme une capsule où le temps s'est arrêté, un endroit de sauvegarde, comme dans les jeux vidéo. Je peux venir admirer mes victoires passées sur les murs et les étagères. En face du canapé, par exemple, il y a la photo de mariage de mes parents ; là, ma première descente en ski, et, sur le buffet, moi au volant de ma première voiture (avec une coiffure douteuse qui me laisse dubitative à chaque fois que mon regard s'y pose). Au-dessus de la cheminée trône une belle photo de famille aux allures d'équipe de foot. Mes grands-parents sont au centre, entourés de leurs enfants, eux-mêmes entourés de leurs enfants et de leurs moitiés. On est une petite vingtaine, et c'est devant cette photo que je m'arrête à chaque fois. On a tous l'air si heureux et l'herbe est si verte ! Si mes grands-parents avaient accroché un Monet à la place, cette croûte vaudrait bien moins que ce tirage dans un cadre bon marché. La photo au-dessus de la cheminée, c'est leur *masterpiece*, le travail entier d'une vie. Moi, je suis en bas à droite, assise dans l'herbe, mes jambes sur le côté style pin-up, pour ne pas dévoiler mes cuisses. Le photographe nous avait pris après un repas d'été un brin arrosé, et ça se voit. J'ai tendance à fermer les yeux lorsque je suis ivre et, sur la photo, on peut donc me voir écarquiller les yeux comme un merlan frit pour paraître sobre. Autour de mon cou, on peut aussi voir l'avant-bras poilu d'un beau brun au sourire rassurant.

– Tu t'en sors ?

– Oui, oui, c'est presque prêt, j'arrive !

On est bons, là, c'est le moment fatidique : celui où je dois faire glisser la galette dans mon assiette. Je sens qu'elle adhère au fond, il va donc falloir être vive. Je décide de donner un petit coup sec et de laisser faire les lois de la physique. Hop ! Et merde ! J'ai écarté la poêle trop vite, la galette s'est étalée à moitié dans l'assiette, l'autre moitié sur le marbre. C'est pas possible, on dirait Jack dans *Titanic*. T'inquiète pas, moi, j'vais pas t'laisser tomber ! Je me retrouve à la hisser tant bien que mal sur l'assiette, elle ne ressemble plus à rien.

– Ouh là, il y a eu un accident, ici ! Tu vois, tu aurais dû me laisser faire. Il n'y a pas de honte, moi, j'en ai fait pendant quarante ans, des crêpes, alors, c'est normal que j'aie le coup de main ! Mais bon, t'es comme ta mère, tu veux toujours tout faire toute seule…

– T'inquiète pas, au final, elle a le même goût, cette crêpe, mais tu sais, mamie, je veux juste que tu arrêtes de courir partout et que tu profites un peu.

– J'arrêterai de courir partout quand je serai morte !

– Arrête de dire ça !

– C'est vrai ! Le jour où je ne sers plus à rien, on peut me mettre un coup derrière la tête, c'est pire que la mort pour moi.

– Tu connais ta grand-mère, on ne va pas la changer aujourd'hui, plaisante mon grand-père.

Lui, c'est l'antithèse de ma grand-mère. Il campe à merveille son rôle de retraité en remplissant ses journées d'un peu de bricolage, de jardinage, de balades et de beaucoup de siestes. Le visage serein, un léger sourire toujours étiré sur les lèvres, le lobe des oreilles tombants, il a un air béat qui m'évoque Bouddha.

Chapitre 2

– Tiens, hier, je suis venu à bout de la dernière glace baba au rhum qui traînait au fond du congélateur, il ne reste plus aucune trace d'Étienne ! dit-il d'un air satisfait.

– Han, mais tu aurais dû les jeter, il n'y a que lui pour manger des choses pareilles !

– Ah non, ça aurait été du gaspillage !

Avec Étienne, ça s'est terminé il y a six mois. Pourquoi ? J'ai pas trop envie d'en parler. Je vais plutôt vous raconter ce que ça a déclenché chez moi. J'ai eu l'impression de perdre mes trois cœurs et de recommencer un niveau que je connais déjà, avec la ferme intention d'en découdre et d'arriver jusqu'au boss final sans m'égarer en chemin. Heureusement, j'ai pu garder mes armes. La vie n'est pas si cruelle. En gros, ma nouvelle philosophie peut se résumer en une phrase : je n'ai plus le temps d'avoir le temps. La vie est courte, merde, et je me rends compte à quel point j'ai traîné, à quel point je me suis pris la tête pour des broutilles, des malentendus qui enflent alors qu'une simple question aurait pu les dégonfler. Maintenant, je n'ai plus peur et je ne fais plus confiance aussi vite. Je fais le ménage dans ma vie, style Marie Kondo : si je serre quelque chose dans mes bras et qu'il ne me procure rien, hop, poubelle.

– Moi, en tout cas, sa tête ne m'est jamais revenue, dit ma grand-mère en m'adressant un clin d'œil. Dis-nous plutôt comment s'est passé ton rendez-vous.

– Je suis virée, c'est officiel ! Dans vingt-huit jours, je suis libre ! Non, j'exagère, j'ai réussi à obtenir une rupture conventionnelle, je vais pouvoir respirer un peu.

– Et tu vas faire quoi ? Tu sais, c'est compliqué de trouver du travail, de nos jours...

– Je vais respirer un peu, comme je t'ai dit, et en suite, suivre une formation pour devenir fleuriste. Depuis le temps que je voulais le faire. Je me jette finalement à l'eau !

– Et niveau finances, ça va aller ? Tu sais que tu peux venir habiter ici si tu le souhaites, tu as une chambre et un lit qui t'attendent.

– C'est gentil, mais je vais très bien m'en sortir toute seule.

– J'imagine que ton loyer n'est pas donné. Tu payes combien pour ta chambrette sous les toits ?

– Mamie, même si un héritage, là, tout de suite, ne serait pas de refus, j'ai pas envie de vous provoquer un AVC en vous donnant le montant de mon loyer.

Les yeux de ma grand-mère se plissent d'un air malicieux.

– Et qui te dit que tu auras quelque chose ? Saleté !

On débarrasse la table ; je dois négocier pour qu'on me laisse faire la vaisselle, tous les week-ends, c'est la même parade. Pour mes grands-parents, c'est l'heure de la sieste, pour moi, celle de regagner Paris et de rattraper le travail que j'ai accumulé sur la semaine.

C'est dingue comme on peut mettre des années à réaliser ce qui est bon pour soi. J'aime les plantes depuis toute petite, avoir les mains dans la terre, composer, toucher, créer, ça me détend d'une manière incomparable, pourtant, j'ai eu besoin du choc de ma séparation pour me rendre compte que je voulais en faire mon métier.

Chapitre 2

Au collège, mes professeurs me prédisaient un bel avenir en voyant mes notes. J'allais pouvoir faire ce que je voulais, genre avocate, doctoresse ou bien travailler dans le marketing, alors, quelle idée de finir fleuriste ! J'aurais tout le loisir de jouer au jardinage le week-end. Après avoir eu mon bac mention très bien, j'ai choisi la dernière option : direction Paris pour entrer en école de commerce, pour le style, bien moins robe noire et blouse blanche, que tailleur Chanel et talons hauts. Après mes études j'ai trouvé mon job un peu par hasard, c'est même plutôt lui qui m'a trouvée. Par un mélange de chance et de nuits blanches, j'ai gravi les échelons assez rapidement et, maintenant, je gère une équipe de huit personnes, avec ce que cela a d'avantages et d'inconvénients.

Avantages : Je gagne bien ma vie.

Inconvénients : J'ai envie de crever.

C'est drôle, dit comme ça, et sans doute exagéré. Mais croyez-moi, mes supérieurs me font chier, et mes subordonnés encore plus, chacun à leur manière (très créative, je dois l'avouer). Je me demande chaque matin en quoi mon travail sert à rendre ce monde meilleur, et l'argent que je gagne, je le dépense en massages où je peux entendre à chaque fois : « Ouh là, vous êtes stressée, vous. Il faut prendre soin de vous, madame », en vacances dans des endroits magnifiques où j'ai le loisir de répondre aux mails du bureau devant des paysages paradisiaques, dans des repas à emporter midi et soir – j'ai de superbes ustensiles de cuisine que je n'utilise jamais –, en psychologues, où je... Non, ce qu'il s'y passe est privé, désolée. Le seul truc qui me faisait tenir pour rester dans ce travail, c'était la perspective de négocier un congé parental de trois ans, histoire de prendre une pause, et de bien les laisser se démerder sans moi. Mais, comment dire, ma vie a choisi une autre direction. Tout ça accumulé a fait que je me suis réveillée un matin, j'ai serré mon travail dans mes bras, et, hop, poubelle.

J'arrive au pied de mon immeuble, pousse la lourde porte, consulte ma boîte aux lettres. *Yes* ! Mon colis est arrivé. Une enveloppe se trouve au sommet : Finances publiques. Je saisis le carton Fnac qui se trouve en dessous, l'incline pour faire glisser la lettre le long de la paroi, elle finit sa chute avec les autres au fond de la boîte, je referme la porte, on verra ça plus tard. J'entre dans l'ascenseur en verre, la grille se referme en un grincement métallique, et direction le sixième étage, chez moi. Je tourne la clé et entre. « Salut, Polochon ! » Le gros matou qui m'a déjà entendue arriver m'attend sagement au milieu de l'appartement, le regard accusateur. Parquet ciré, tapis épais, plantes vertes, je l'aime, mon cocon, il n'y a bien qu'ici que je me sens en sécurité. J'ouvre les fenêtres, un vent frais parcourt l'appartement. J'allume une cigarette et la télévision, j'ouvre mon ordinateur ; allez, si je me dépêche, j'en ai seulement pour trois heures.

Chapitre 3

L’alarme incendie
doit être cassée.
Ça fait deux semaines
qu’elle n’a pas sonné ;
pourtant,
je ne maîtrise
pas mieux
la cuisson
de mes plats.

Lui

Ça fait maintenant une semaine que je travaille. Je passe parfois des heures à écailler des soles ou à tailler des pommes de terre. Ce sont mes moments préférés. Au bout de quelques répétitions, mes mains passent en pilotage automatique et mon cerveau, affranchi de cette tâche, peut se livrer à ses rêveries sans que personne autour ne s'en rende compte. Un midi, plusieurs tables semblent bien décidées à faire le concours de celui qui commandera le plus gros plateau de fruits de mer, si bien qu'on m'envoie rejoindre Joe en renfort dans « la cabane », une pièce collée au restaurant, entièrement dédiée aux fruits de mer. Joe, je ne l'ai vu qu'à la plonge ou au nettoyage des sols. Nous sommes discrets tous les deux et je crois que nous n'avons jamais échangé d'autre mot que les banalités d'usage au repas du midi ou du soir, où il se contente de rire quand il faut à la discussion dominante. Mais aujourd'hui, alors que je le vois armé d'un couteau à huîtres et d'un gant en cotte de maille, avec la prestance qui habite chaque cuisinier lorsqu'il se met au travail, son silence prend une tournure toute autre. Il lui donne quelque chose de martial. Il coupe le nerf des mollusques d'un mouvement bref et précis, séparant les coquilles l'une de l'autre à une cadence telle que ça lui donne des airs de samouraï ostréicole.

Moi, je dispose les coquillages sur la glace pilée dont j'ai préalablement rempli les présentoirs en inox. Le bout de mes doigts sont gelés, et les commandes ne font que s'empiler sur le tableau. Moi qui devais donner un coup de main rapide avant de retourner à mes patates et à mes pensées, me voilà bien parti pour passer la soirée ici.

Chapitre 3

Absorbé dans mes compositions marines, je suis tiré de ma rêverie par le bruit d'une coupelle que l'on pose à côté de moi. Je baisse les yeux et voit sur la coupe une huître ouverte, un demi-citron découpé en étoile et un ramequin d'échalotes vinaigrées. Je me tourne vers Joe et le vois, affairé à son travail, le sourire en coin.

– Bah ? je m'exclame, feignant l'incompréhension.

– Mange, me dit-il en se rapprochant de moi, une huître à la main, prête elle aussi à être gobée sans passer par la case plateau.

Je saisis le citron et une cuillère d'échalotes, j'asperge la coquille, et l'huître à l'intérieur se tord de douleur, la pauvre.

– C'est bien, ça veut dire qu'elle est vivante, et donc fraîche ! me fait Joe pour m'encourager en voyant mon dégoût.

Alors je gobe la préparation pour mettre un terme à son supplice. Mon Dieu, « Fine de Claire », je retiendrai ce nom pour Noël prochain. Ça m'arrive de manger quelques huîtres aux repas, mais plutôt pour suivre le mouvement que par réel plaisir. Ce soir, c'est différent, elle a une saveur tout autre. À peine l'ai-je avalée que Joe m'en pose une nouvelle sur ma coupelle. Celle-là, j'attendrai un peu avant de la manger. La soirée passe en douceur. Douze plateaux plus tard, j'ai englouti une douzaine d'huîtres, en prenant soin à chaque fois de guetter l'arrivée des serveurs pour ne pas me faire repérer.

– T'inquiète pas pour eux. Tu sais, ils gardent les pourboires dans leur poche, alors nous, on peut bien se bouffer des huîtres quand on en a envie, non ? T'aimes bien le homard ? enchaîne Joe, qui en tient un à la main.

– J'en ai jamais goûté, à vrai dire, je réponds, un peu honteux.

– Toute une éducation à faire ! dit-il, l'air accablé avant de fendre l'animal en deux d'un violent coup de couteau et de m'en tendre la moitié.

C'est donc debout dans ce cabanon, en tête à tête avec ce vieil inconnu, que je découvre ce soir-là le goût du homard. Pas dégueu, comme on dit.

Finalement, dans ce tout nouveau décor, je me retrouve face à moi-même. À chaque fois que je change de ville, je crois que je vais pouvoir être une personne différente. C'est sûrement le fait de rencontrer de nouvelles personnes, ça me donne le sentiment de repartir à zéro et de pouvoir décider d'être qui je veux, « la meilleure version de moi-même ». Finalement, ça ne dure qu'un temps, je retombe dans mes travers, sans que je puisse rien y faire. C'est aussi mesquin que la fatigue sur la route des vacances, quand tu t'efforces d'ouvrir les yeux en grand pour ne pas envoyer la voiture dans le décor, mais qu'au moindre moment d'inattention, le sommeil te surprend. Musique à fond, fenêtres ouvertes, rien n'y fait, le meilleur moyen de faire passer la fatigue, c'est de l'accepter, de s'arrêter sur le bord de la route et de faire une sieste. Bien entendu, on ne le fait jamais, parce qu'on a toujours un truc à faire, quelque part où aller, où arriver avant telle heure. Je mène ma vie comme ça, comme un chauffeur mort de fatigue qui refuse de l'accepter. Heureusement pour moi, je suis toujours arrivé à bon port. J'adore la routine, je ne sais pas pourquoi ça a une connotation péjorative, cet enchaînement prévisible, presque mécanique, chaque jour. Moi, ça me rassure. C'est dans le quotidien bien huilé que la beauté des choses simples prend le temps de s'enraciner. Vous voulez que je vous résume une journée type ? Allez.

Chapitre 3

Le matin, je me réveille à huit heures cinquante, prends ma douche et me fais couler un café. Pendant ce temps, je descends prendre deux pains au chocolat à la boulangerie juste en bas de chez moi, je remonte les six étages au pas de course, me félicitant intérieurement d'entretenir ce joli petit cul sans avoir à aller à la salle. Je mange en regardant une série, puis il est l'heure d'aller au travail. J'y suis en quinze minutes à pied. Je prépare le repas pour le reste de l'équipe, ce midi, par exemple, c'est frites avec magret de canard. C'est souvent frites. J'aime bien ce rôle, les regards de mes collègues déjà attablés qui s'illuminent quand j'apporte les plats, il y a un air de camaraderie qui me plaît, le sentiment de faire partie d'une famille, j'imagine. Je me mets toujours à côté de Oualid et Alex, déjà parce que, eux, ils parlent, et monopolisent facilement la conversation, m'évitant donc de meubler un simulacre de discussion avec un collègue pour nulle autre raison que de rompre le silence. Et surtout parce qu'on s'aime bien, tous les trois, je crois ; ce sont les deux premières personnes à être venues me parler le jour de mon arrivée.

Oualid est grand, brun, maigre, avec une sacrée repartie. Le genre de personne derrière qui on aime se cacher. Il n'a pas dû avoir une enfance facile, ça se sent que son caractère s'est construit dès la cour de récré. Il est toujours dans l'attaque et se barricade derrière l'ironie. Il écrit des poèmes, je crois, « et j'me suis fait éditer et tout », m'a-t-il dit avec une grande fierté le jour où on s'est rencontrés.

Alex adopte plutôt le rôle de quelqu'un sur qui tout glisse. Il est blond, les yeux très clairs, j'aurais bien aimé l'avoir comme grand frère. Attentionné quand il m'explique comment découper un oignon en tout petits morceaux, « et si tu retires pas la petite pellicule de peau, là, tu vas galérer de ouf, regarde, tes doigts glissent dessus », il ne s'épanche pas en mots inutiles.

Des fois, après le travail, on va au bar tous les trois, on rigole bien. Je suis célibataire, alors c'est bête, mais à chaque soirée, je me dis : « Et si ? » Bah ouais, et si ? Et si elle se trouvait ici ? Si elle allait faire pipi au même moment que moi et qu'on se retrouvait bloqués dix minutes dans ces queues interminables à l'entrée des toilettes ? Ou bien, si elle était à la table d'à côté et qu'elle avait besoin d'un feu pour allumer sa cigarette ? J'en sais rien moi, et si ? En tout cas, avant chaque soirée, je vérifie bien que j'ai des chewing-gums et un briquet dans ma poche, une capote dans mon portefeuille, que mon caleçon n'est pas troué. Ça vous fait sourire ? Parce que vous n'avez jamais été célibataire, peut-être ?

Mais bref, revenons à ma journée. Donc, le service passe en un éclair, je maîtrise maintenant à la perfection le dressage de chaque entrée et la subtilité de chaque dessert. On passe un bon moment à nettoyer les plans de travail et les sols à la javel, pour quitter le restaurant vers quinze heures. Je retourne chez moi. Je retire mes vêtements, prends une douche, mais l'odeur des cuisines est tenace, elle m'imprègne depuis que j'ai signé mon contrat. C'est impossible de s'en débarrasser, même avec du citron, j'ai déjà essayé. En attendant de reprendre le service à dix-huit heures, je prends un livre et le dévore à la terrasse d'un café. Bien sûr que non. Ça a dû m'arriver une fois. Pendant ce temps, donc, je glande dans mon appart, et quand il fait vraiment trop chaud, je vais me balader dans les rues parisiennes. Dix-huit heures, reprise du service, rebelote, saladier de frites-Oualid-Alex-oignons-javel-retour à pied, dans la nuit, cette fois ; il est vingt-trois heures trente, je suis mort. Je me dis : « En rentrant, je dors direct ! » Ce que je ne fais bien évidemment pas. À la place, je me pose devant une série et je succombe vers deux heures du matin.

Parfois, j'appelle mes parents pour leur relater mes récits héroïques, je suis leur enfant prodige. C'est facile de servir la version des faits qui nous arrange quand on est à quatre cents kilomètres. Au moment de raccrocher, je suis heureux, le sourire aux lèvres, je crois à mes propres mensonges que j'ai débités pendant une heure.

Chapitre 4

**Le parfum
sur les draps
change,
mais la chorégraphie
reste la même.**

Elle

Un astéroïde va s'écraser sur la Terre et, pour nous éviter une mort douloureuse, le gouvernement nous propose de monter dans un avion. Une fois en hauteur, quelques minutes avant l'impact, ils font tomber des masques à appliquer sur la bouche et le nez, sauf que là, ils ont remplacé l'oxygène par du gaz hilarant fatal. Comme ça, on succombe paisiblement et dans la bonne humeur. Je monte dans l'avion avec Polochon, nous sommes côte à côte. L'avion de la mort décolle ; bizarrement, j'appréhende tout de même qu'il s'écrase au décollage. Heureusement, ce n'est pas le cas. On plane maintenant depuis un bon quart d'heure quand un message d'alerte accompagné d'un décompte s'affiche à l'écran, les masques tombent devant nos visages. Deux minutes avant l'impact. Les gens dans l'avion se prennent une dernière fois dans les bras, s'embrassent, puis chacun enfile son masque. Mon chat et moi ne tardons pas à nous taper un délire sur la queue de Polochon qui le gêne depuis le décollage, et il me demande entre deux pouffements pourquoi ils n'ont pas fait des sièges avec des trous au niveau de la queue pour les gens comme lui.

– Des genres de bidets, tu veux dire ?

– Oui, exactement !

– Parce que ça ferait un bide-eeeeeh ! je réponds.

Tout l'avion explose de rire ! (Bon, je remarque maintenant que cette blague fonctionne mieux à l'oral, mais quand bien même, faites preuve d'indulgence, gardez à l'esprit que nous étions tous sous l'effet d'un gaz hilarant mortel.) Finalement, l'effet du gaz commence à redescendre, et je me rends compte que ma blague n'est pas si drôle mais, surtout, que l'astéroïde n'a pas frappé la Terre et, pire encore, que Polochon, lui, ne bouge plus à côté de moi, mort de rire. Je deviens terriblement triste, c'est la pire descente de toute ma vie, je regarde autour de moi et je me rends compte qu'une personne sur deux ne se réveille pas, tandis que l'autre moitié de l'avion pleure d'avoir perdu la personne à qui elle tenait sans doute le plus au monde. Je me sens terriblement stupide, j'ai tué mon chat tout ça parce que j'avais peur qu'on souffre. L'avion atterrit et, après s'être platement excusé pour le gaz défectueux et pour l'astéroïde (finalement, ce n'était pas une météorite mais une impureté sur la lentille d'un télescope), la compagnie nous offre l'incinération de la personne que l'on a perdue dans une petite capsule en porte-clé souvenir et une semaine de congés. Je redescends sur terre. Sur le tarmac, les gens sont tristes et en colère d'avoir fait confiance à cet avion. Le lundi suivant, j'arrive au travail et tous mes collègues se retournent vers moi (aucun d'entre eux n'est mort, comme par hasard, hein) ; l'un me demande : « Bah, il est où Polochon ? », ce à quoi je rétorque, avant de m'effondrer : « Il est dans ma poche », tout en tâtant mes clés à travers mon jean. Tout le monde semble compatir, mais je vois bien qu'on juge ma naïveté. Je serre le porte-clé contre ma joue, quand soudain un grognement sourd en sort. C'est toi, Polochon ? Je n'arrive pas à y croire ! Serait-il toujours vivant ? Les grognements sont de plus en plus fort. J'ai l'impression que ce porte-clé va exploser. Il vibre dans le creux de mes mains.

Fenêtres

Des ronflements me tirent de mon cauchemar. Bordel, je passe mes nuits seule, ce n'est pas pour retrouver les inconvénients de la vie conjugale ! Mon téléphone indique deux heures quarante-cinq du matin. Je me lève et regarde dehors. Les ronflements viennent de l'appartement face au mien. Avec la chaleur qu'il fait sous les toits, impossible de fermer la fenêtre. Je vais devoir subir ce vacarme ou trouver une autre solution. Je mets un podcast en route ; généralement, ça m'aide à m'endormir – rien de tel qu'une histoire criminelle pour succomber ! Sauf que ce soir, ça ne marche pas. J'ai eu le temps de l'écouter jusqu'à la fin sans m'endormir, et maintenant, j'ai peur.

Ça me fait penser que la fenêtre est ouverte, et que, s'il le voulait, le ronfleur, ou quelqu'un d'autre, pourrait rentrer chez moi comme il le souhaite en passant par les toits. Et s'il débarque dans mon appartement, qu'il me viole, qu'il me tue, qu'il me découpe, qu'il me sème dans les poubelles publiques de tout l'arrondissement ? Que faire pour me défendre ? Il me faut une arme. Je me dirige vers la cuisine dans la pénombre et saisis un long couteau pour le placer sur ma table de chevet, ou plutôt, sous mon lit ! Je tourne les talons et me ravise. Si jamais, en voulant me protéger, je le tuais, sans faire exprès ? La situation se retournerait contre moi, je serais sûrement inculpée pour homicide involontaire – et encore, ça, ça reste à prouver. Si sa famille trouve un bon avocat, si un détail donne à croire que je l'ai fait intentionnellement, je suis cuite. Non, il vaut mieux que je trouve une arme contondante, c'est moins risqué. J'ouvre grand les yeux à la recherche de mon bonheur, et le trouve ! Une poêle en fonte ! Ça, ça va l'assommer sans le tuer, me dis-je, satisfaite. Je l'empoigne, donne de grands coups dans le vent afin de me faire à son poids. « Quoi ? Mais qu'est-ce que vous faites ici ? Bim ! », « Toi, tu as frappé à la mauvaise fenêtre, goûte un peu mon revers ! Bam ! » Je murmure des punchlines pour me mettre en situation, ça m'aide. Je la sens bien, cette poêle, je vais faire un carnage. Est-ce normal d'avoir maintenant hâte que quelqu'un s'introduise chez moi ? « Et pour la cuisson de votre sale petite gueule ? Ce sera un aller-retour saignant... » Boum.

J'envoie voler la poêle à travers la vitre du micro-onde, qui explose dans un vacarme métallique sourd. Le choc fait tomber des verres qui se trouvaient à côté et se brisent au sol. Les ronflements s'interrompent. Je reste abasourdie dans la pénombre, les jambes écartées, campée sur mes appuis, mes deux mains solidement cramponnées au manche en bois, les yeux écarquillés en direction de la fenêtre d'en face. Elle vient de s'éclairer. Des éclats de verre jonchent le sol, je ne peux pas bouger, je suis prise au piège. Je vois l'ombre d'un corps se mouvoir sur les murs, puis il arrive dans l'encadrure de sa fenêtre et se sert un verre d'eau au robinet avant de regarder dehors, l'air hagard.

C'est donc à lui que je m'entraînais à casser la gueule à coup de poêle ? Je le ferais plutôt passer à la casserole. De longs cheveux bouclés bruns descendent sur son front, son corps frêle et pâle lui donne un air de Timothée Chalamet dans *Call Me By Your Name.* J'oublie presque que c'est le manche d'une poêle que mes deux mains serrent fermement. Laisse-moi être ta pêche, mon joli voisin. Je suis si proche que je vois des gouttes d'eau couler le long de son menton, puis chuter sur son torse. Mon Dieu, mon esprit tordu ne peut s'empêcher d'imaginer que c'est un autre liquide qui dégouline. En tout cas, une connexion se crée déjà entre nous, à ce moment, nous avons tous les deux des gouttes à la commissure des lèvres. Attention, il bouge !

– Oh, bonsoir, comment tu t'appelles ? dit-il avant de s'accroupir.

Je reste bouche bée, pourquoi se cache-t-il après avoir posé sa question ? Est-ce que je lui ai fait peur à ce point ? Mais bien sûr que je lui ai fait peur à ce point, je brandis une poêle dans sa direction ! Il va falloir que j'arrête de fumer à ma fenêtre, que j'arrête d'allumer les lumières, que j'arrête tout simplement d'habiter ici avant qu'il ne me dénonce à la police ! Mais quelle idée de foutre des coups de poêle à l'aveugle dans sa cuisine au beau milieu de la nuit ? Je m'apprête à ouvrir la bouche pour dire, je sais pas, « C'est pas ce que vous croyez… » une bêtise dans le genre, quand il reprend :

– Moi, je vais t'appeler Ariane !

Puis il se redresse avec, au bout de ses bras tendus, Polochon. Mon Polochon ! Qu'est-ce qu'il fout là-bas ?!

Généralement, mon chat quitte l'appartement la nuit pour aller chasser. Du moins, c'est ce que je croyais, je ne sais même plus si je dois le considérer comme mon chat, maintenant. Combien de prénoms as-tu, petite enflure ? Est-ce pour ça qu'on dit que les chats ont neuf vies ? Le voisin éteint la lumière et retourne manifestement se coucher, sans doute avec mon chat à ses pieds ! Je monte sur le rebord de la cuisine et entame un parcours du combattant pour éviter les morceaux de verre au sol, puis passe un coup de balai, le tout à la lueur de la lune. Je retourne sur mon lit et tente de me rendormir.

Chapitre 4

Je n'y parviens pas, alors je repense à la scène du voisin et à son verre d'eau, aux gouttes coulant sur son menton et sur son torse, pour le reste, j'imagine, tout en descendant une main. S'il savait.

Je n'ai toujours pas trouvé le sommeil, mais ça a eu le mérite de me détendre.

Chapitre 5

En fait,
le chat de la voisine d'en face,
il est polyamoureux.
Il va de balcon
en balcon.
C'est pour ça qu'on dit
que les chats ont
neuf vies ?

Lui

Je sens une présence dans mon appartement, mes yeux grand ouverts fendent la pénombre à la recherche d'un mouvement. J'entends des pas se diriger vers mon lit, et j'ai vu juste, car maintenant, le matelas se déforme par une pression, jusqu'à ce que...

– Oh, Ariane, t'es lourde ! m'offusqué-je tandis que ses coussinets me piétinent.

Je l'ai appelée comme ça depuis que je l'ai rencontrée, il y a quelques jours. J'étais tranquillement en train de boire au plein milieu de la nuit et la voilà qui caresse mes jambes. Je lui ai mis un petit bol de lait pour qu'elle revienne, et ça n'a pas loupé, maintenant, elle passe ses nuit chez moi et, au petit matin, quand je me réveille, elle a levé le camp, si bien que je ne sais jamais si j'ai rêvé ou non. Alors, je consulte le petit bol au pied de mon lit, et s'il est vide, c'est comme le père Noël, ça veut dire qu'elle est passée. Je ne savais pas d'où elle venait ni où elle allait avant que j'aperçoive la voisine d'en face en train de caresser ce même chat ce matin.

Elle habite elle aussi un appartement au dernier étage, il a l'air plus grand que le mien, et l'une de ses fenêtres donne sur la mienne. Son immeuble se trouve face au mien, une cour intérieure nous sépare mais, parfois, j'ai l'impression qu'on est colocs. On ne s'est jamais adressé la parole, nos regards se sont à peine croisés parfois, je ne la connais pas, mais je connais pourtant toutes ses habitudes. L'été, il fait si chaud sous les toits que l'on vit la fenêtre ouverte, si bien que lorsqu'elle met la télévision, j'entends les Marseillais s'engueuler. Les soirs où elle prend sa douche, j'entends l'eau frapper le sol, et le parfum de son shampoing citron chatouille mes narines. Quand elle passe l'aspirateur, j'entends les différences de ton lorsqu'elle passe du parquet au tapis. Lorsqu'elle invite des copines, je l'entends discuter de Nolan « qui ne sait vraiment plus quoi inventer pour attirer l'attention sur lui ». Et donc, inévitablement, à chaque bruit que je fais chez moi, je me dis qu'elle aussi l'entend de son côté. Ça peut être gênant, par exemple, quand je rote, maintenant, je m'excuse juste après, au cas où. Mais l'autre jour, je m'entraînais à jouer « R U Mine ? » à la guitare et, lorsque j'ai arrêté, je l'ai entendue siffler la mélodie.

Je trouve ça assez beau comme situation. Communiquer comme ça, et surtout, imaginer tout ce que je ne vois pas à partir de sons, à partir d'odeurs, à partir de lumières et d'ombres, ça a quelque chose de captivant, d'érotique. C'est lorsque les choses sont cachées que l'imagination se met en branle, et de belles images apparaissent dans nos cerveaux. J'imagine ce qui est caché et je savoure aussi ce qui est montré, car elle fait ce truc qui me déconcerte.

– Je comprends pas pourquoi ma voisine a pour principale activité d'essayer des tenues devant son miroir, pile dans l'encadrure de sa fenêtre. Elle sait pourtant que je suis là, dis-je à Oualid une fois le service terminé tandis qu'il nettoie son plan de travail.

– Parce qu'elle veut ta queue, mec !

– Pardon ?

– Mais c'est pourtant logique ! Tu la vois ? Tu sais qu'elle habite là ?

– Bah oui, je la vois, je viens de te dire !

– Et quand tu traverses ton appart à poil, tu sais qu'elle te voit ?

– Oui, et justement, je traverse pas mon appart à poil pour cette raison, réponds-je avec ironie.

– Oui, mais justement, elle, c'est pareil, elle sait que tu la vois, et c'est pas qu'elle s'en fout, au contraire, elle le fait pour attirer ton attention.

– Mouais…

– Ce soir, si elle recommence, tu te mets bien en évidence à la fenêtre et tu dis : « Pas mal, celle-là, mais je préférais la jupe avec le collant. » Là, elle te dira : « Oh, c'est vrai ? C'est dommage, je n'arrive pas à retirer cette robe, elle est coincée, j'aurais besoin d'un peu d'aideuuh », singe Oualid en mimant un scénario porno bas de gamme avant qu'on éclate tous les deux de rire.

Elle ferait ça intentionnellement ? Après coup, le raisonnement de Oualid fait sens. Elle a sans doute des rideaux, pourquoi ne les tire-t-elle pas lorsqu'elle essaye des tenues ? Pourquoi se livre-t-elle à un striptease lascif sans quitter l'encadrure de sa fenêtre alors qu'elle sait que je suis là ? Je pense alors à un plan d'attaque, comme une réponse silencieuse à ses avances, ou du moins une manière d'inverser les rôles, pour lui montrer ce que ça fait d'assister à ça, et on verra ce que ça donne. Si elle le remarque et que ça la gêne, j'imagine qu'elle arrêtera de s'exhiber, et moi aussi. Si ça ne la gêne pas, on verra bien ce qu'elle fera à son tour.

Chapitre 5

Le lendemain, je me réveille plus tôt que d'habitude, je me prépare et me rallonge sur mon lit. J'attends patiemment qu'en face se déclenche le signal. Tous les matins, j'entends son réveil sonner à huit heures dix et, peu de temps après, le vacarme d'une machine à café, pour ensuite sentir une odeur de cigarette. Elle a l'habitude de prendre son petit déjeuner à sa fenêtre, elle ne pourra pas me rater. Je suis plutôt confiant, ça va être fun. En arrivant hier soir, j'ai accumulé tant bien que mal de la vaisselle dans mon évier, comme je ne mange presque jamais chez moi, j'ai même dû rajouter des assiettes et des couverts propres pour en étoffer le contenu. Ma « préparation » de tout à l'heure consistait à retirer tous mes vêtements et à enfiler un tablier avant de retourner m'allonger sur mon lit pour ne pas être vu.

Lorsque j'entends l'alarme de son téléphone retentir de l'autre côté de la cour, mon cœur s'emballe. C'est maintenant, il faut y aller ! Je prends une grande inspiration, attends qu'elle mette son café en route, me redresse sur mon lit et me lance. Je me lève, vais ramasser quelques affaires sur la table qui se trouve juste devant ma fenêtre pour vérifier qu'elle est bien, comme prévu, à la sienne. Je lève les yeux, elle y est, j'esquisse un sourire de convenance. Je suis mort de trouille intérieurement, alors je m'empresse de lui tourner le dos pour me tourner vers l'évier. Je fais couler l'eau du robinet sur la vaisselle partiellement propre. Je vous laisse imaginer la scène, j'essaye de me tenir bien droit, de contracter mes fesses et, malgré tout, d'avoir l'air hyper naturel et détendu. J'allais pas moi aussi me changer devant ma fenêtre, ça aurait été faire preuve d'un manque cruel d'imagination, alors, le coup de la vaisselle sans rien sous le tablier me semblait une bonne mise en bouche.

Pourtant, à partir du moment où j'ai posé le pied dans son champ de vision, je me suis dit que c'était une mauvaise idée. Direct. Mais il était trop tard, plus moyen de revenir en arrière. J'ai sa voix dans ma tête qui me répète : « Mais qu'est-ce que tu es en train de faire !? Qui veut voir ça au réveil !? » Alors, je me dépêche, la vaisselle est terminée en deux minutes ! Je passe le chiffon sur l'évier, entame un demi-tour pour voir si elle est toujours à sa fenêtre. Oui. Nos regards se croisent, elle a un sourire en coin. Comme l'emoji ! Le même ! J'en n'avais jamais vu en vrai. Rester plus longtemps voudrait dire prendre le risque qu'elle m'interpelle, et je ne suis pas prêt pour ça ! Je quitte la scène en un éclair et retourne m'installer sur mon lit. C'était peut-être pas une si mauvaise idée. Je me sens bien, je me sens beau, ridiculement fier. J'ai montré mon cul à la voisine, quel homme !

Chapitre 6

J'ai croisé
l'amour,
et il a
un très joli
cul.

Elle

Démissionner, ça veut dire avoir un mois de préavis. Et avoir un mois de préavis signifie généralement être toujours au bureau physiquement, mais ne plus vraiment en faire partie. Mes sujets, mes clients sont confiés à des collègues, et mon rôle est de les accompagner dans cette transition, de leur expliquer tous les mini détails à connaître sur la personnalité de l'un ou l'autre. Durant ces cinq années, j'ai développé des relations très proches avec certains clients, et j'ai le sentiment de confier mes enfants, la boule au ventre, avant un départ en vacances dont je ne reviendrai pas. En tout cas, l'avantage, c'est qu'il n'y a bien que durant ce mois de préavis que je pars du travail à l'heure. Tellement à l'heure qu'aujourd'hui, je craque à nouveau, je prends la ligne 8 pour faire un crochet aux Galeries Lafayette ; c'est devenu mon rituel ces derniers temps.

Je passe la porte et mes pupilles se dilatent instantanément, la cohue caractéristique des vendeurs et des clients qui évoluent sous la coupole me plonge directement dans l'ambiance. Je passe devant les marques de parfumerie pour rejoindre l'escalator, puis je me dirige d'un pas décidé vers le rayon The Kooples. Je saisis une paire de bottines et l'essaye devant le miroir. Elles sont magnifiques. S'il a bonne mémoire, le vendeur autobronzé qui me guette se souvient sûrement m'avoir déjà vu les enfiler une demi-douzaine de fois au cours des derniers mois. Mais aujourd'hui, c'est différent, aujourd'hui, je repars avec ! Balec. Plus le temps passe et plus elles deviennent une obsession, il me les faut ! Lorsque je ne vais pas les voir directement au magasin, je les contemple sur internet, au travail, avec des yeux amoureux.

Je quitte le magasin avec un sentiment confus. Je remarque que je suis tout à coup plus souriante, plus à l'aise, c'est dingue, je suis complètement défoncée à la dopamine. Je me suis prouvé mon amour, la valeur que je m'accorde, par le biais de ces chaussures. Elles incarnent ce nouveau départ, matérialisent l'estime que je me porte. Je les vois à mes pieds tout au long de ma vie ; elles me rappelleront chaque fois que c'est avec elles que j'ai quitté le bureau et son linoléum pour marcher vers la liberté. Et pourtant, à l'instant où j'ai tapé mon code bancaire pour régler l'achat, c'est comme si je n'en voulais plus. À la seconde où je les possède, elles ne m'attirent plus. Je suis contente, en soi, je les voulais vraiment, mais il n'y a plus rien à désirer, maintenant, ça y est, elles m'appartiennent, je peux les porter quand je veux. J'ai joui à travers ma carte de crédit, en quelque sorte, et je me tape maintenant un vieux sentiment de culpabilité, mitigé avec la satisfaction d'avoir rempli un besoin ou, du moins, une envie.

Je déambule dans les allées de la galerie, et les vendeurs des autres boutiques me repèrent facilement. Le sac en carton noir qui se balance au bout de ma main leur indique que je suis vulnérable, que j'ai déjà craqué. Ils connaissent mon état fébrile. Je suis en plein effet Diderot, ils peuvent flairer la dopamine qui s'échappe de chaque pore de ma peau, de la même manière qu'un vautour sent la détresse d'un animal blessé.

Résultat, je craque aussi pour une robe et je rentre chez moi à la fermeture du magasin. L'heure dorée irradie mon salon d'une lumière jaune orangé et étire sur le sol l'ombre de Polochon qui m'attend. Je mets en marche la musique et le ventilateur. Je dépose mes sacs dans l'entrée, ouvre en grand mon dressing et étale les vêtements sur mon lit. Je fais matcher mes chaussures avec d'anciens vêtements que j'avais complètement oubliés. Ma garde-robe, c'est un peu comme mon cerveau, je ne m'en sers qu'à dix pour cent et, ce soir, je vais redécouvrir mes capacités. Je passe de longues minutes à m'observer dans le miroir, me retourne, me contorsionne pour vérifier si ce pantalon me fait toujours un aussi joli cul. Et ce short ? Et ce body ? Je cache mes cheveux dans ma nuque pour voir comment ça rendrait si je les coupais en carré. Je monte le son, enfile ma nouvelle robe, tourne sur moi-même, je danse à la façon de *Pretty Woman*. L'étiquette me gratte le dos, je défais la fermeture sur le bord de ma taille, dégage mes épaules et fais glisser le tissu jusqu'à mes pieds. Je saisis l'étiquette et l'arrache d'un coup net. Je t'ai déflorée, tu es mienne, à présent. J'observe mon corps en collant et culotte dans le reflet du miroir. Je croise les bras, pressant mes seins pour les faire paraître plus gros, me tourne de biais, de trois-quarts pour admirer mon profil, j'accentue la cambrure de mon dos. Plus je me regarde, plus je m'habille, me déshabille, plus je m'aime. Une vraie thérapie, les fringues ! Qu'est-ce que je suis bonne ! Vraiment ! Ça faisait un moment que je ne m'étais pas mise en valeur, pour moi, pas pour un mariage, pas pour un repas de famille ou une soirée, pour moi, juste parce que j'en avais envie.

Je reprends goût à me faire belle et je teste diaboliquement le résultat sur mon petit voisin d'en face. Il est au téléphone et j'écoute les silences qui interrompent sa conversation à chaque fois que je me déshabille. Je ne suis pas la seule à me trouver bonne, on dirait. Ça m'amuse de le décontenancer comme ça ; on verra bien s'il réagit. Mais, pour l'instant, la session est terminée. J'enfile un vieux T-shirt pour me sentir plus à l'aise et, lorsque ma tête passe le col, je l'aperçois par la fenêtre, planté au milieu de son appartement. Nos regards se croisent une fraction de seconde, puis il se volatilise.

*

Huit heures trente, mon réveil sonne. À l'instant même où j'ouvre les yeux, Polochon saute sur moi pour me câliner en frottant son front contre mon menton et en ronronnant à toute berzingue. Je me lève et prends mon petit déjeuner, qui se compose d'un café et d'une clope, que je fume à mon balcon avant de rejoindre le tumulte du métro. Je ne peux pas commencer la journée si je n'ai pas eu ma dose de ces deux délicieuses drogues. J'ai essayé d'arrêter l'une comme l'autre mais, généralement, ça ne dure pas plus de trois semaines. Et puis, je me suis dit que j'arrêterai au moment où je quitterai l'agence, donc je me donne à fond maintenant, mentalité « profite des derniers instants, après, c'est fini ».

Un mouvement dans la fenêtre d'en face me fait perdre le fil de mes pensées. Le voisin est debout, c'est marrant, je ne le vois pas bouger si tôt, d'habitude. Il faut que je vous le décrive. Il semble particulièrement agité dans son petit appartement et, surtout, il porte un tablier de cuisine, de bon matin. Par politesse, je regarde ailleurs, mais zieute de temps en temps chez lui, par curiosité. Nos regards se croisent, il me sourit avant de se retourner pour, me semble-t-il, faire la vaisselle et – j'en avale ma fumée de travers de surprise – il est nu sous son tablier ! La vache, je ne m'y attendais pas à celle-là ! Je vois ses deux petites fesses surmontées d'un joli nœud, on dirait qu'il m'en fait cadeau, je rêve. Je n'arrive pas à décrocher de cette vision, les mouvements qu'il fait animent tous les muscles de son dos. Ce que c'est beau, des omoplates en action !

On dirait bien qu'il répond enfin à mes provocations, ou alors, il a l'habitude de faire la vaisselle dans cette tenue. J'opte plutôt pour la réponse A, c'est sûr ! Il a surgi au moment où je me suis installée à ma fenêtre, je ne suis pas la seule à connaître les habitudes de la personne qui habite en face. Très bien, je me suis trouvée un camarade de jeu, on va pouvoir avancer. Le spectacle se termine, trop tôt à mon goût, il se retourne vers moi, les joues toutes roses de pudeur, et nos regards s'accrochent à nouveau. Je peux saisir dans ses yeux un « À toi » timide avant qu'il disparaisse. D'accord, à moi.

Chapitre 7

Pourquoi
les gens
complexent
sur ce qui les rend
uniques ?

Lui

L'efficacité de mon duo avec Joe pour les fruits de mer est retentissante, et je me retrouve donc de plus en plus souvent à la cabane, à préparer des plateaux avec lui. Quand le service se fait un peu moins intense, Joe m'apprend à ouvrir les huîtres sans trop les abîmer. C'était pas chose aisée, au début, mais j'ai fini par prendre le coup de main et on peut maintenant alterner les rôles. J'ai même appris à découper les citrons en étoile. On est bien ici, dos à dos, concentrés sur notre plan de travail. L'ambiance est douce, les deux grands frigos produisent un léger bruit de fond, rajoutez à ça la lame se faufilant dans les coquillages à la recherche de leur puissant nerf, le « critch » de la glace que l'on met en forme dans les plats en inox, et vous avez l'ambiance. Le gros avantage, c'est qu'on peut mettre de la musique sans qu'elle soit couverte par le tumulte des cuisines, des gamelles qui s'entrechoquent ou du four qui gronde. Quand j'y pense, le poste de radio, c'est notre principal moyen de communication. On passe parfois des services entiers à écouter Rire & Chansons, et les moments où l'on s'esclaffe ensemble, on peut sentir qu'on est sur la même longueur d'onde. Ça nous vaut quelques « Salut les beaufs » des serveurs moqueurs qui passent récupérer les plateaux de fruits de mer, mais rien à foutre, on a tous nos plaisirs coupables. Quand on en a marre de retomber sur les mêmes sketchs, Joe sort sa pochette de CD et passe des disques : Alain Souchon, Renaud, Joe Dassin, Gainsbourg… Aucun de nous deux n'est assez ragaillardi pour se risquer à chanter, mais il nous arrive de siffloter, l'air de rien. Il se dégage une pudeur silencieuse de nos sessions de travail. Vous avez déjà vu deux fleuves se rejoindre ? Les deux cours d'eau de couleurs distinctes mettent parfois plusieurs kilomètres avant de se mêler l'un à l'autre ; c'est un peu ce qui est en train de se passer.

– T'aimes bien Johnny ?

– Pas spécialement…

– Attends que je te fasse écouter la comédie musicale qu'il a faite sur Hamlet en soixante-seize ! Tu sais, il a une grande sensibilité, mais son plus grand drame, c'est que son étiquette de rockeur lui a collé à la peau toute sa vie.

C'est pas possible, il va finir par me faire aimer Johnny, le fumier. Je me vengerai en lui faisant écouter et en lui expliquant le sens profond de chaque parole de Freeze Corleone. J'ai l'impression que, par ce biais, on communique bien plus profondément qu'avec les conversations qu'il est d'usage d'avoir avec ses collègues. En tout cas, je suis plus à l'aise avec ce format. Ça m'a toujours angoissé, dans mes précédents jobs, le *small talk*, je suis nul pour ça, je ne sais même pas quoi raconter. Au final, je sais même pas s'il est marié, s'il a des enfants, s'il a passé un bon week-end ou s'il a regardé le match d'hier ; pourtant, il me laisse voir en lui.

Un soir, on tombe sur l'interview d'un cycliste à la radio, le mec avait consacré sa jeunesse à sa passion, il avait fait d'énormes sacrifices, mais n'avait aucun regret. Joe s'approche de moi et demande :

– Et toi, c'est quoi ton rêve ?

– Je sais pas, trouver quelqu'un qui m'aime et être stable, avoir une maison avec un jardin, deux gosses, être heureux quoi, hésité-je.

– Mais c'est pas un rêve, ça, c'est ce qu'il est convenu d'avoir et de désirer dans la vie pour être considéré comme normal. Moi, je te parle de ce qui te fait vibrer, des choses qui ne comptent pas pour ton entourage, mais sans lesquelles toi, tu ne pourrais pas vivre.

– Je sais pas, moi, tu veux savoir ce qui me fait rêver ? Mmmh... Je réfléchis un instant avant de trouver.

– Les couchers de soleil, voilà.

– Pourquoi ?

– J'en sais rien, moi !

Joe laisse un silence, et il le fait exprès, je le sais. Si vous voulez faire parler quelqu'un, je vais vous donner une technique, une technique très simple : demandez « pourquoi ? », juste « pourquoi ? », et si la réponse est trop brève, continuez à regarder la personne sans rien dire. Il y a de fortes chances qu'elle se mette à débiter des mots pour remplir le silence gênant, et là, ce qui en sort, c'est souvent d'la bonne. En tout cas, sur moi, ça fonctionne à tous les coups.

– J'en sais rien, moi. Je suis nul en peinture, nul en écriture, j'ai pas de don artistique ! Mais les couchers de soleil, ça me fascine. C'est sans doute le côté éphémère du truc, se dire que c'est maintenant, là, pendant ces quelques minutes que tout se passe, qu'avant c'est trop tôt, et après c'est trop tard. Quand c'est terminé, c'est terminé pour toujours, il y en aura peut-être un autre le lendemain, mais ça sera pas le même, ça sera jamais le même, et ça sert à rien de le prendre en photo, même si c'est plus fort que toi, la beauté d'un ciel en 360 degrés avec ses couleurs, avec son intensité, c'est quelque chose qu'on ne peut tragiquement pas capturer, impossible ! Et c'est tout ce qui lui donne sa valeur. Alors, tu as juste à rester là, le nez en l'air et à regarder. Je comprends pas pourquoi les gens s'entassent au pied de la tour Eiffel chaque année pour voir un feu d'artifice, alors que chaque soir prend place un spectacle bien plus grandiose, sans tambour ni trompette, sans même avoir besoin de spectateur pour exister. Moi, ça me fascine, et quand j'en vois un, j'peux rien faire d'autre que laisser en plan tout ce que je suis en train de faire pour le regarder. Je me transforme en moustique attiré par un énorme lampadaire. Voilà, c'est niais, hein ? finis-je, ne pouvant m'empêcher de teinter ma tirade par une pointe de sarcasme.

– Non, pas du tout. Tu as un regard, et c'est précieux. Bien plus qu'un talent. Dessiner, écrire, chanter, danser… Des robots savent le faire et bien mieux que les humains, maintenant, mais ce qui compte, c'est le regard de la personne qui crée. C'est primordial. Tu veux qu'j'te dise ce qui me fait rêver, moi ? La bouffe. Tu vois le film *Ratatouille* ? C'est pas des conneries ce qu'ils y racontent, je suis chaque fois ébahit par le pouvoir qu'a la nourriture de nous faire voyager dans le temps et dans l'espace ; elle s'adresse directement à notre cerveau et à notre cœur en même temps. T'as jamais été transporté par une cuillerée, un croc, une bouchée ? C'est quelque chose qui arrive sans qu'on le convoque. Bim ! Tu croques et te voilà téléporté quelque part, c'est comme des clés qui ouvrent des portes secrètes cachées dans ton cerveau. Y a des plats que je m'interdis de manger parce que je sais qu'ils vont me transporter là où je ne veux plus mettre les pieds ; pourtant, qu'est-ce que c'est bon…

– Un trousseau de madeleines de Proust finalement…

– Exactement ! T'as tout compris ! conclut Joe, avant de laisser un silence distrait, puis de reprendre :

– Alors, c'est quand même mieux qu'un boulot, une femme, des enfants, une maison, un chien et une voiture, non ? Tout ça, si tu les veux, tu les auras, t'inquiète pas. Mais si tu perds ton regard, même dans ta belle maison, tu vas te faire chier, crois-moi.

*

En rentrant chez moi, ce soir-là, mon regard se dirige comme chaque fois vers la fenêtre de ma voisine. La lumière est allumée, *yes* ! Je claque la porte et devine le parfum citronné de son shampoing, elle doit être en train de prendre sa douche. Je m'installe à ma table, face à ma fenêtre. Je me planque derrière un livre et mon regard se pose juste au-dessus des pages. J'ai sa fenêtre en ligne de mire. Je connais même pas son prénom, mais ça fait plusieurs soirs qu'elle m'offre l'accès à son intimité. Il y a quelques jours que je lui ai fait le numéro du tablier et j'ai hâte de voir si elle va me répondre. Si ça se trouve, elle va fermer les rideaux dès qu'elle me verra, ou me dire : « Ça suffit, monsieur, vous me mettez mal à l'aise, arrêtez de me regarder ou j'appelle la police. » Non, ça ne se peut pas ! Ces dernières fois, on s'est regardés dans les yeux avant et après avoir commencé quoi que ce soit. Je sais, ça vaut rien pour des personnes normales, qui communiquent avec des mots, mais j'y vois un consentement.

Putain, est-ce que c'est justement comme ça que pensent les pervers ? Calme-toi. Respire. La pièce est vide pour l'instant, mais quand je ne la vois pas, j'imagine, et ça amorce un plaisir coupable, celui qui me tient en haleine de longues minutes, les yeux rivés sur sa fenêtre. C'est une jouissance cérébrale, je suis là, à sa merci à elle, et surtout à celle de la pulsion qu'elle déclenche en moi. Cette pulsion qui vient de très loin, de mes origines animales. Je m'imagine tigre au milieu de la jungle, pouvant rester des heures à fixer sa proie avant de bondir au moment propice. Sauf que moi, je suis plutôt un chat d'appartement qui ne peut qu'émettre des trilles de frustration en observant un pigeon à travers la fenêtre.

Dans mon cerveau se dessine la scène, je la vois poser ses affaires et lancer une musique, avant de se délester de ses vêtements, un à un, les laisser retomber sur le sol en se déhanchant délicatement, poser un pied, puis l'autre sur la céramique de la douche, ouvrir l'eau et la faire ruisseler sur son corps. Ses tétons se dressent, l'eau est froide au début, puis devient chaude, et ses yeux se ferment de bonheur avant que le pommeau de douche passe sur son visage, puis sur ses cheveux. Elle fait couler le shampoing dans le creux de sa main et l'applique. Ses flancs se trémoussent doucement au rythme de la musique. Je l'entends chantonner, j'entends le bruit que fait la mousse qui commence à apparaître dans ses cheveux, la mélodie de l'eau qui frappe le carrelage. Je vois l'épais brouillard parfumé envahir sa salle de bain. En attendant que le shampoing agisse, elle parcourt son corps avec un galet de savon, enduit une jambe, jusqu'au pied, avant de passer à l'autre. Elle remonte jusqu'à l'intérieur de ses cuisses, lave son entrejambe. Elle parcourt son ventre jusqu'à ses seins, les caresse doucement, puis passe à ses aisselles, avant de longer ses bras. Elle ferme fort les yeux et la bouche puis finit par laver son visage.

Fenêtres

Elle commence à avoir froid et la chair de poule tapisse sa peau, puis le jet d'eau chaude est agréable, elle se débarrasse de toute cette mousse et traîne encore un peu sous l'eau parce que c'est trop bon. Allez, ça suffit. Elle coupe l'eau, puis tord ses cheveux et les recueille dans une serviette blanche. Elle enfile un peignoir ample, blanc lui aussi. Elle applique le dentifrice sur sa brosse à dents, puis…

Elle fait son apparition dans le rectangle lumineux. Je m'enfonce derrière mon livre par reflexe. Elle me voit et me sourit, semble agréablement surprise. Elle range manifestement quelque chose dans le placard sous sa fenêtre tout en se lavant les dents. Je ne parviens pas à décrocher mes yeux d'elle, je suis complètement hébété. Elle retourne à la salle de bain et j'entends le bruit du sèche-cheveux qui démarre. Alors, je fixe la fenêtre, comme on fixe un ciel étoilé un soir d'août, à attendre l'apparition incertaine d'une étoile filante. Ce genre d'instant dont la rareté et la brièveté donnent toute la valeur. J'ai peur de louper une miette de ce qui pourrait se passer si jamais je m'absentais ne serait-ce qu'une seconde. Les yeux grand ouvert, je la vois en filigrane dans mes pupilles, qui fait des choses, des choses qui me rendent tout chose.

Chapitre 8

– T'as prévu quoi, ce soir ?
– J'ai prévu
de ne rien avoir
de prévu.

Elle

Il est déjà vingt-trois heures ! Ça fait trois heures que j'enchaîne les tutos sur les plantes. Je sors de ma léthargie, me lève et jette un coup d'œil par la fenêtre. Généralement, mon voisin rentre vers cette heure-là, mais pour l'instant, la lumière est toujours éteinte. À mon avis, il travaille dans un bar ou un restaurant pour avoir des horaires pareils. Ça fait un moment qu'on n'a pas joué, c'est dommage, tant pis pour lui, moi, je vais faire mon shampoing et dodo. Je lance une musique, me débarrasse de mes vêtements qui puent la transpiration et le tabac froid, les roule en boule, fais un trois points directement dans la machine à laver et me glisse dans la douche, température maximale et c'est parti pour un quart d'heure, voire vingt minutes. Je sais que c'est mal et que c'est pas comme ça qu'on va sauver la planète, mais en échange, je pisse sous la douche pour économiser une chasse d'eau, alors l'un dans l'autre, ça s'équilibre, non ? J'applique mon shampoing et, le temps qu'il fasse effet, je fais mousser mon savon sur les poils de mon pubis pour m'enduire le corps de mousse et, surtout, je chante, fort et faux ! S'il est un refuge contre la barbarie du monde citadin, c'est bien ma salle de bain. Le pommeau de douche en guise de micro, je ferme les yeux et je m'imagine sur scène devant des milliers de personnes. « Oow, c'est l'histoiiire de la viiiieuh ! Le cy-clé-ter-nèèèè... Aaaah ! »

Mon rideau de douche colle à mes fesses et me sort de ma transe. Je déteste ça. Quand le concert est terminé, j'enfile un peignoir, enroule mes cheveux dans une serviette, puis me lave les dents. Polochon gratte à la porte. Franchement ! On peut pas rester tranquille deux minutes dans cette maison ? Dès qu'une pièce est fermée, c'est la fin du monde ! Je lui ouvre. « T'es mignonne, mais t'es un petit peu chiante, toi ! », lui dis-je, du dentifrice plein la bouche. « T'as plus de croquettes, c'est ça ? » Je vais quand même vérifier, j'ai pas envie que la SPA me l'embarque. Je sors de la salle de bain, me dirige vers la cuisine ; sans surprise, le bol de croquettes est plein, sauf le milieu, ça fait un petit volcan... Mais en retournant à la salle de bain, je vois la fenêtre d'en face illuminée, et mon voisin, assis, en train de lire un livre. Mon cœur se serre, j'avais perdu espoir ! On échange un regard, je le sens pétrifié, barricadé derrière son livre, comme un éléphant derrière un lampadaire. Je sais ce que je vais faire ! Je m'approche de la fenêtre, ouvre ma commode, prends ça, ça et ça avant de retourner dans la salle de bain me sécher les cheveux.

Mes doigts brûlent, le parfum chaud qui se dégage de mes cheveux embaume la pièce, je me sens propre, je me sens bien. Je ne résiste pas à descendre l'appareil à mon entrejambe quelques secondes. Je sais pas si vous avez déjà essayé, mais il existe sur Terre peu de plaisirs comparables à celui de se sécher le SIF avec un sèche-cheveux, vraiment. Je sors de la salle de bain, toujours vêtue de mon peignoir, me secoue les cheveux face au miroir de mon armoire, puis me mets dos à la fenêtre, dénoue le ruban qui serre ma taille et, comme une boxeuse qui s'apprête à entamer un combat, je fais dévaler le kimono à mes pieds, dévoilant ainsi le body noir au dos nu échancré outrageusement provocateur. Ça fait partie des dessous sexy que j'ai achetés spécialement pour moi et moi seule. Je les mets parfois pour aller au bureau, sans qu'il y ait d'occasion particulière, et vous ne pouvez pas imaginer à quel point ils me donnent confiance en moi. C'est l'effet *Superman*, sous mon costume de Madame Tout-le-Monde se cache une super-héroïne et, ce soir, j'ai décidé de révéler ma vraie identité.

Je me penche lascivement en avant pour ramasser mon kimono, opère un demi-tour pour l'accrocher à un cintre que je vais suspendre à ma tringle à rideaux pour qu'il sèche. Je n'hésite pas à m'étirer, à me cambrer, bien en vue de mon invité. Je le regarde, il sourit timidement. Je me sens belle dans ses yeux, son désir me nourrit, et je me délecte de cette pesante atmosphère, la fait traîner légèrement, puis je me dirige au fond de mon appartement et éteins la lumière. Il est tard.

Dans la pénombre, en regagnant mon lit, je le vois, coi, qui tend son cou. La coupure a été nette, mais la frustration est un puissant aphrodisiaque. Je reste attendre encore un peu, pour voir ce qu'il va faire, et l'inespéré se produit. Voilà qu'il descend la main à son entrejambe pour s'emparer de lui-même et commencer un va-et-vient spasmodique. Ses yeux sont clos, ses sourcils froncés, il a l'air de s'en passer, des choses, sous le rideau de ses paupières. Il m'évoque les musiciens que l'on croise parfois sur les marchés, emportés par leur trance tandis que leurs doigts parcourent leur instrument. Il y a toujours des passants pour s'en amuser et singer leurs mimiques, mais eux n'en ont cure, ils sont ailleurs, dans un autre espace-temps, portés par la mélodie. Ça m'a toujours fascinée, ces visages où l'émotion prend ses quartiers. Tapie dans l'ombre, je regarde ses doigts et je les imagine sur ma peau, sur mes flancs, dans ma bouche. Je le mime dans sa frénésie, ma main posée sur mon clitoris. Je dois à présent moi aussi faire des sourcils de musicienne. Bientôt, je le vois s'inonder, et c'est la goutte d'eau qui me fait déborder. La frustration est un puissant aphrodisiaque.

Chapitre 9

À chaque coin
de rue de Paris
se joue
à la proue
des trottinettes
la célèbre scène
de Titanic.

Lui

Ce soir, j'ai pu rentrer à vingt et une heures trente. J'ai pris un Vélib et me voilà en train de regarder la nuit tomber sur la ville au rythme du grincement de mon pédalier. À Concorde, je quitte le tumulte des voitures et je rejoins les quais de Seine où les groupes de gens assis sur les pierres encore chargées de la chaleur du soleil boivent des bières en discutant. L'été n'est pas moche à Paris, au contraire. Tout le monde s'est barré dans sa résidence secondaire, à la campagne ou à l'autre bout du monde, laissant la ville comme une immense maison familiale dont les enfants ont préféré rester pour organiser des soirées dans le salon plutôt que de se taper douze heures de voiture pour dormir dans un camping.

Je tourne à gauche pour rejoindre la rue de Rivoli et passe par la cour du Louvre. Des touristes se prennent encore en photo devant la pyramide à cette heure. Je me vois de l'extérieur, le nez en l'air sur mon vélo dans ce décor de film. Quoi qu'on en dise, cette ville est quand même dingue ! J'espère ne jamais m'en lasser. J'arrive à Châtelet et ses terrasses bondées, surplombées d'épais nuages de fumée de cigarette, d'où s'échappent des rires et des éclats de voix cosmopolites. Tous ces gens travaillent-ils demain ? Combien auront la gueule de bois ? Nous ne sommes que mardi, et pourtant, peu importe le jour de la semaine, les terrasses sont pleines. Bientôt trente minutes se sont écoulées et je dois remettre mon vélo à une borne au risque de payer un supplément. Clac. Bi-bip. J'en sélectionne un autre, beaucoup plus fluide et silencieux, celui-là. Je tourne à droite et prend l'Île de la Cité, puis longe à nouveau la Seine. Les lampadaires s'allument de concert, il est vingt-deux heures, le vent frais s'engouffre dans mon T-shirt. Seul sur mon vélo fendant la nuit, je me sens pourtant faire partie d'un tout. Je sens la ville battre sous mes pieds, chaque route est un vaisseau, une veine, une artère qui fait pulser le sang dans un sens ou dans l'autre, sans jamais s'interrompre. Tandis que le paysage défile sous mes yeux, je ne peux m'empêcher de penser à ma voisine, au fait qu'elle est peut-être là, à sa fenêtre, à m'attendre ou que sais-je. J'ai assez pédalé pour aujourd'hui, je regagne mon quartier.

J'arrive chez moi les mollets brûlants et prends mon temps dans les escaliers. J'arrive dans mon appartement, il n'y a pas signe de vie en face, tant pis. Et tant mieux, au final, car je vais pouvoir dormir pas trop tard. Le rythme des cuisines commence à me peser et je fatigue. Je suis en congé demain, j'en avais bien besoin. Je m'écroule sur mon lit et réfléchis à ce que j'ai répondu à Joe l'autre jour : « Les couchers de soleil, c'est ça, ma passion. » Je sais pas pourquoi j'ai sorti ça, et je sais pas pourquoi j'y repense. J'aimerais bien consacrer ma vie à ça, moi, mais va payer tes factures à base de nuages rosés. Non, l'important, maintenant, c'est de me trouver une stabilité, et après, on verra. Ce démarrage à Paris a ébréché ma candeur, si bien que j'esquive toujours le sujet, même avec vous. Il est peut-être temps que je vous explique ce que je suis venu faire ici, non ?

J'étais dans une école hôtelière, en CAP. À vrai dire, j'étais allé dans cette école car je ne pouvais prétendre à mieux ; les études, c'était pas mon fort, et là où j'ai grandi, quand t'as pas le niveau, t'es garagiste, vendeur, cuisinier ou serveur. De très beaux métiers en soi, mais moi, j'y suis allé en procédant par élimination. Pas assez branché bagnoles pour le premier, tchatcheur pour le second, habile pour le troisième, j'ai choisi la filière pour devenir « serveur ». À la fin de mes études, après avoir passé mon jury, un petit homme s'est pointé à la remise des diplômes, déambulant entre les tables. Discret, il ne faisait pas partie de l'audience mais nous regardait avec attention. Il est venu vers moi et m'a demandé si j'avais des plans, une fois mon diplôme en poche, tout en me tendant une carte sur laquelle était inscrit en lettres d'or « Gilles Nivert, chasseur de têtes ».

Le *Fouquet's* recherchait des serveurs, et je lui avais tapé dans l'œil. Si j'étais d'accord, je commencerais le lundi suivant, j'avais juste à venir de sa part, montrer sa carte au réceptionniste, il comprendrait tout de suite. Lui s'occuperait de prévenir son contact de ma venue durant le week-end. Il me demandait une commission pour le filon, deux cents euros, vite rentabilisés. Là-bas, un serveur touchait deux mille deux cents euros net au début de sa carrière, et les salariés étaient logés sur place, le tout sans frais.

– Vous parlez anglais ?

– *Of course, I have quite a good level!*

– C'est parfait ! Vous aurez affaire à une clientèle internationale, c'est un sacré plus de parler anglais.

J'étais aux anges. Moi qui angoissais à l'idée de devoir démarcher des semaines pour trouver un boulot, mon assiduité à l'école avait enfin payé, j'avais été repéré direct ! « Moi et moi seul ! » avais-je raconté fièrement à ma maman tout en faisant ma valise sur le lit de ma chambre. Elle qui ne s'attendait pas à me voir partir si vite, ça l'avait mouchée.

Chapitre 9

Le lundi soir, au lieu de rendez-vous, la carte qui devait m'offrir accès à cet avenir radieux serrée au creux de ma main moite, je poussai les portes du prestigieux restaurant et dis le plus intelligiblement possible la phrase que j'avais répétée. Ce à quoi on me répondit :

– Je vous demande pardon ?

– Je... Je viens de la part de monsieur Nivert, un chasseur de têtes qui m'a sélectionné pour que je travaille chez vous.

Le visage d'abord froid du majordome s'attendrit tout à coup.

– C'est pas possible, encore un... Je suis désolé, jeune homme, mais ce « monsieur Nivert » vous a... arnaqué. Vous n'êtes pas le premier à venir ici avec cette carte et, malheureusement, nous ne recherchons personne... Je suis vraiment désolé.

– Ah O.K., bon bah... Tant pis pour moi, dis-je d'un air arrangeant.

C'est tout ce que j'avais trouvé à répondre avant de tourner les talons vers la porte de sortie, les yeux embués de larmes.

Mais quel con ! Mais quel con ! Mais quel... ! Je m'étais fait baiser en beauté, et par péché d'orgueil, en plus, en ne prenant pas la peine de chercher plus loin que le bout de mon nez, persuadé de ma légitimité à ce qu'on vienne me cueillir à la sortie de l'école pour me faire bosser au *Fouquet's*. Au *Fouquet's*, bordel ! Moi ? Il ne fallait pas que les gens soient au courant, jamais. Après avoir erré plusieurs heures, abasourdi, je passai la nuit dans le métro, station Commerce. Il me fallait prendre des forces. Le lendemain, j'appellerais Lucie, une pote d'Anthony que j'avais croisée en soirée une seule fois, mais qui était agente immobilière et qui aurait sûrement de quoi me loger.

« Si jamais tu cherches à acheter un deux cents mètres carrés dans le cinquième arrondissement, tu m'appelles, hein ! », m'avait-elle dit en m'adressant un clin d'œil complice à l'époque. J'allais l'appeler pour quelque chose de bien moins ambitieux.

Deux jours plus tard, le tour était joué, j'avais un toit au-dessus de ma tête (j'habitais littéralement sous un toit), une sous-location un peu chère mais, étant donné le caractère urgent de ma requête, je ne pouvais prétendre à mieux. Et puis, il y avait une salle de bain et des toilettes individuelles, ce qui était, à en croire Lucie, un grand luxe pour ce prix-là. Ça y est, je pouvais partir du bon pied et raconter à tout le monde la version officielle, celle que vous avez pu lire au début de ce roman.

Chapitre 10

Heureusement,
le temps s'écoule
et fait
repousser
les cheveux
et
passer
les peines de cœur.

Elle

Le réveil sonne et, chose étrange pour un lundi, je n'ai aucun mal à me lever. Je bondis hors du lit, me fais un café, m'installe à la fenêtre et allume une cigarette. Je sais que j'ai en réalité peu de chances de voir mon voisin se réveiller à cette heure, il est généralement moins matinal, mais depuis son numéro de la dernière fois, un petit espoir me fait guetter chaque matin un mouvement à la fenêtre d'en face. Je tapote sur le rebord du pot en terre cuite pour faire tomber la cendre. Au même moment, j'entends un aspirateur démarrer et ronronner. Mes doutes se confirment lorsque je vois mon voisin passer dans l'encadrure de la fenêtre, les mains cramponnées au tuyau métallique. Étonnamment matinal, cet homme. L'appareil s'éteint, puis il réapparaît dans l'autre sens pour arroser ses plantes, mais son T-shirt a disparu. Intéressant. Il s'éclipse à droite, puis j'entends un bruit de brosse dans la salle de bain. Ça va me mettre en retard, mais je ne peux pas partir avant d'avoir eu le fin mot de l'histoire ! Il faut que je le voie une dernière fois, juste pour vérifier que je ne loupe rien. Et puis, je ne suis jamais contre un peu de douceur en commençant la journée.

Pour me donner bonne conscience, j'ouvre mes mails du travail sur mon téléphone pour ne pas avoir à le faire en arrivant au bureau. Ça ne manque pas, il y en a quatre non lus. Envoyés à 20 h 32 hier soir, bordel, j'ai de la peine pour ces collègues qui, en plus du blues du dimanche soir, se disent : « Boh, tant qu'à faire, autant avancer ma sem... » Wow, stop, ça bouge en face ! Il est maintenant en caleçon rayé bleu et blanc, qui lui colle près du corps. Armé d'un plumeau, il s'étire de tout son long pour atteindre la poussière juchée sur les placards de sa cuisine. Je peux voir ses muscles dessiner des reliefs sur son dos, ses côtes saillir lorsqu'il se contorsionne pour atteindre chaque endroit de la pièce. Je le vois évoluer dans son appartement, me montrer son corps sous toutes ses coutures, et je n'en loupe pas une miette. Il jette parfois des regards dans ma direction, je ne sais pas qui est le plus gêné des deux. Dans un réflexe, je lève les yeux au loin pour faire croire que j'étais perdue dans une rêverie. Il va bien falloir que l'on brise la glace un jour mais, pour l'instant, je ne me sens pas de sauter le pas. Qu'il s'applique, cet homme, dites donc, quelle délicatesse ! Ça me fait sourire. En essayant d'anticiper sa nouvelle manière de répondre à mes avances, je m'attendais à une démonstration plus virile, mais la surprise est agréable, ma petite soubrette. J'ai bien envie de faire sauter cet ultime morceau de tissu.

Il quitte mon champ de vision. Mon souffle se coupe, je peux voir chaque battement de mon cœur faire frémir la cigarette coincée entre mes doigts. Je commence à être terriblement en retard au travail, je ne peux pas quitter ma place, pas si près du but, mais je ne peux décemment pas rester assise ici plus longtemps, alors je me lève, sans cesser de le regarder, glisse mes affaires dans mon sac, tout en gardant les yeux tournés vers lui, mets mes baskets... Il s'élance finalement, nu comme un ver ! Mes yeux ne quittent pas ses deux petites fesses qui rebondissent au rythme de ses pas, il s'avance jusqu'au placard de la cuisine et saisit comme par hasard le verre tout en haut, le remplit au robinet, puis il disparaît, et moi, je file ! C'est parti pour l'une de mes dernières journées au bureau.

*

C'est drôle comme, chez moi, chaque changement de vie s'accompagne d'un changement de coupe de cheveux. En arrivant en études supérieures, je me suis fait une frange (à l'image de mes cheveux à cet âge, j'avais les idées courtes et bien arrêtées). Lorsque j'ai emménagé avec mon ex, j'ai décidé de laisser pousser mes cheveux, et vers la fin, ils touchaient littéralement mes fesses (comme mon histoire, ma coupe était longue, mais a fini par sentir la merde). Lorsque j'ai rejoint mon travail, j'ai voulu faire une coloration ; le blond a rapidement viré au jaune foin et j'ai dû refaire une couleur brune (là encore, le parallèle avec ce changement de vie est évident : c'était une mauvaise idée et j'y ai perdu des cheveux pour redevenir moi-même). Maintenant, ça fait plusieurs mois que ça me trotte dans la tête et, en rentrant ce soir, j'ai envie de me faire un carré. Ouais, un carré ; je ne sais pas encore quel parallèle faire avec ma vie, j'espère que ça signifie que, maintenant, je connais mes limites.

Je pose mes clés, retire mes chaussures, allume la musique, enlève mon chemisier, défais mes longs cheveux et les laisse recouvrir ma poitrine. Je savoure une dernière fois cette vision d'amazone face au miroir de l'armoire. Je m'empare d'une paire de ciseaux de cuisine, écarte les lames pour y faire passer une mèche au niveau de ma clavicule. Le métal froid touche ma peau et la fait frissonner. Je prends une grande inspiration et resserre les lames l'une vers l'autre. De longs rubans noirs se décrochent les uns après les autres, dévoilent mon sein, dévalent mon bassin, finissent leur course à mes pieds nus sur le parquet bientôt jonché de mèches brunes. Je deviens Mulan prête à affronter les Huns. Je me plais. Heureusement, car je ne peux plus revenir en arrière. J'attaque l'autre côté, ajuste plusieurs fois le niveau tout autour de mon visage. Je m'applique, m'observe attentivement, modèle ma coupe à mon image. Je balance ma tête de gauche à droite pour battre mes cheveux. Oh *yeah* ! Je suis si excitée qu'en allant chercher le balai à la cuisine, j'esquisse de petits pas de danse tout en virevoltant. Sur le chemin du retour, je regarde dehors, la fenêtre d'en face est toujours éteinte, pourtant, mon voisin ne devrait pas tarder. Je repense au striptease ménager qu'il m'a offert ce matin. Sa délicatesse m'a touchée, je crois. Plus ça va et plus je ressens de la tendresse pour lui. J'ai réfléchi toute la journée à la manière dont je pourrais lui répondre, mais je crois que je viens de trouver.

J'éteins la lumière du lustre au profit des petites lampes d'appoint sur les étagères. L'ambiance devient feutrée. J'allume des bougies, les parsème dans l'appartement et même sur le rebord de la fenêtre. Les pales du ventilateur qui tournent font bouger mes cheveux qui chatouillent mon cou. Je retrouve la sensation oubliée depuis longtemps de sentir leurs extrémités caresser ma nuque. Polochon sort de sa sieste et me réclame à manger. Pour toute réponse, je la prends dans mes bras et nous entamons une valse. La douceur de ses poils sur mon ventre nu me donne la sensation d'étreindre un morceau de nuage.

J'entends la clé tourner dans la serrure de l'appartement d'en face. Je dépose Polochon, saisis mon téléphone pour mettre « Welcome Home » de Spike Jonze, je ferme les yeux et je laisse aller mes mouvements. Je souris en imaginant sa réaction lorsqu'il verra la mise en scène que j'ai préparée. Un spectacle rien que pour lui. J'espère que ça va lui plaire. Je sors de la cuisine en faisant glisser mes pieds au sol dans de gracieux mouvements.

Mes bras se lèvent machinalement, à la manière d'un pantin. Rapidement, mon corps ne m'appartient plus, c'est la musique qui me contrôle. Chaque note, chaque silence est une impulsion électrique qui conduit mes coudes, mes poignets, chaque phalange de chaque doigt. La mélodie décide même jusqu'à la trajectoire que va emprunter mon corps et, paradoxalement, une sensation de liberté m'irradie. J'aime ce sentiment de lâcher-prise. J'ai du mal à me l'avouer, mais qu'il est fatigant d'être libre, de devoir réfléchir, choisir et assumer les conséquences de chacun de ses actes. C'est éreintant. Pas étonnant qu'on finisse par abandonner et par se ranger derrière le premier berger que l'on croise. Ça fait ça de moins à penser, on se sent libéré d'un poids, celui, justement, de la liberté. Mais ce soir, c'est à la mélodie que je confie ce poids. Qu'elle en fasse ce qu'elle veut, de lui et de moi. Je ne veux plus penser, je veux danser. Je n'ai même pas besoin d'ouvrir les yeux, je ressens l'espace autour de moi. Je sens aussi le regard de mon voisin posé sur moi, et ça fait battre mon cœur. Je retrouve la sensation que j'avais, petite fille, en m'avançant sur les planches en tutu et chaussons roses. C'est pour mon bien que les projecteurs m'éblouissent, ils me dissuadent de regarder vers le public, de chercher mon papa, ma maman, caméra au poing.

La fin de la chanson approche et je suis toujours en train de danser, haletante. Je me prépare à regarder dans sa direction, j'anticipe ce que l'on pourrait se dire, je l'imagine applaudir à sa fenêtre, ça me fait rougir d'avance. Mais, pour tout applaudissement, je n'entends qu'un ronflement provenant de son appartement. Je coupe net. J'ouvre les yeux et reprend conscience de mon environnement. En face, la lumière est toujours allumée, mais personne à la fenêtre. Il n'a pas dû me remarquer. Mince, j'aurais vraiment aimé qu'il me voie. La déception altère même tout le plaisir que j'ai pris à danser. Je me sens bête et j'essaie de tempérer ma frustration pour ne pas qu'elle se transforme en colère. Il a une vie en dehors de sa fenêtre, qu'est-ce que je croyais ? Même si j'ai mis des bougies et de la musique, et que j'ai tout donné. Je ne suis pas le centre de son monde. Bon. J'éteins les lumières et moi aussi, je me couche. Polochon saute sur mon ventre et colle sa tête à la mienne en ronronnant comme pour me consoler. Puis il se lève et je le vois se diriger vers la fenêtre dans la pénombre. Han !

– Attends un peu, toi !

Je ne vais pas rester sur cet échec. Je ferme la fenêtre devant les yeux interrogateurs de mon chat, me dirige jusqu'à mon sac et en sort un carnet de Post-it. On a assez perdu de temps comme ça. Ne restons pas sur une frustration.

Chapitre 11

C'est aussi triste
qu'un
distributeur de capotes
en panne
à deux heures du matin.

Lui

Je regarde l'heure d'un air inquiet. L'averse ne s'est toujours pas calmée, les gouttes continuent de battre les toits dans un vacarme continu et il est l'heure pour moi d'aller au travail. J'attends encore quelques minutes avant de me résigner à affronter les intempéries. La ville change du tout au tout lorsqu'il pleut : l'horizon est réduit, les immeubles, même la tour Eiffel se fondent dans l'épais brouillard qui se répand sur la ville. Cette atmosphère donne à mon appartement des allures de navire balloté par une tempête et, paradoxalement, je le trouve bien plus grand. Par contraste, j'imagine. Fais chier ! Je ne peux plus attendre davantage. J'y vais.

J'arrive au restaurant, mes chaussures font des couich-couich-couich des plus élégants. Je regarde la cheffe de salle d'un air gêné, je suis en train de saloper son carrelage ; elle me répond d'un regard qui veut dire « fais pas genre ». J'ai les chaussettes trempées et il n'y a rien de plus désagréable que de passer la journée dans des chaussettes trempées, ça ne présage que du bonheur. Le service sera calme ce soir, les jours de pluie n'ouvrent guère l'appétit des touristes. Parfois, il ne se passe rien en cuisine, vraiment rien, alors on prépare de l'avance et de la mise en place. Par exemple, préparer quinze litres de crème brûlée pour les disposer dans des pots et avoir ainsi plusieurs jours de réserve en chambre froide. Ça meuble les temps morts entre les clients.

Chapitre 11

– Tiens, laisse tomber tes crèmes brûlées, je vais t'apprendre la cuisson, me scande Oualid.

Je le regarde, incrédule. Il y a une différence entre savoir dresser des salades César et réussir la cuisson de quatre soles à la fois. Mais la perspective d'apprendre quelque chose de nouveau a raison de moi. Je m'approche du piano et écoute les instructions.

– Déjà, tu mets une bonne dose de beurre, et une dose égale d'huile. Le beurre ne va pas au-delà de cent degrés, pourtant, nous, on a besoin d'aller bien plus haut pour saisir nos soles, on va y parvenir grâce à l'huile qui va à une température bien plus haute, mais ça n'a pas autant de goût que le beurre.

– O.K.... je réponds, les mains autour du manche, les yeux fixés sur la poêle qui commence à frémir.

– Allez, *go* ! Tu peux mettre ta sole, et maintenant, tu l'arroses en continu avec la grande cuillère.

Ça s'emballe, j'essaie tant bien que mal de garder le rythme tout en inclinant la poêle pour récupérer l'huile. C'est lourd, c'est chaud, je reçois des projections à chaque maladresse. Merde ! Y en a encore combien à faire, comme ça ?

À la fin de la soirée, j'ai fait cuire douze soles, sept saumons et six steaks. Un total de vingt-cinq plats chauds, dont sept ratés, dix moyens et le reste pas trop mal.

– Cuire un steak dans sa cuisine, c'est simple, mais quand deux tables de cinq attendent leurs assiettes, c'est une autre paire de manches, hein ? Mais t'inquiète, j'étais comme toi, au début, et tu vois où j'en suis maintenant, ironise Oualid en écartant les bras pour me rassurer.

La pluie a cessé. Je rentre les bras ballants et en compote, imbibé de sueur et de graisse, dans mes chaussettes toujours mouillées. Je tombe de fatigue, sans même penser à regarder par la fenêtre.

*

J'ai tellement bien dormi ! Vous n'avez pas idée ! Ou peut-être que si, finalement, vous savez, ce genre de sommeil qui vous happe, vous n'aviez même pas prévu de vous assoupir, mais vous avez commis l'erreur de fermer les paupières une seconde de trop, ou alors de vous coucher sur le côté juste une minute après un repas un peu trop copieux et bim ! Vous vous réveillez à quatre heures du matin, une flaque de bave froide sur votre joue ; vous êtes tout habillé, la lumière est toujours allumée et vous vous demandez comment vous êtes arrivé là, et où vous êtes, d'ailleurs ? Ah, c'est bon, dans votre salon. Tout va bien.

Il y a des jours où la fatigue est un vautour qui attend le premier signe de faiblesse pour fondre sur vous. Cela n'a rien à voir avec les grasses matinées crapuleuses du dimanche matin. Lorsque vous vous réveillez, vous êtes bon pour retourner travailler. Vous avez passé dix heures, peut-être même douze à dormir, mais cette période n'aura servi qu'à recharger vos batteries. Ça y est, vous êtes devenu une machine. Et le seul plaisir que vous puissiez tirer de cette situation, c'est d'avoir rempli la totalité de votre temps libre par la meilleure activité qui soit : dormir. Ça et caresser une boule de poils posée sur votre torse tout en sentant les vibrations de son ronronnement envahir votre corps. Ariane a investi ma poitrine, comme chaque matin. Je passe mes doigts dans son long pelage touffu et je sens quelque chose au niveau de son cou. À mieux y regarder, c'est un élastique sur lequel est accroché un petit mot sur un Post-it plié en quatre. Je le déplie, et les extrémités de mon sourire s'éloignent l'une de l'autre d'une manière incontrôlée, jusqu'à bientôt atteindre mes oreilles.

Mon cœur s'emballe, je l'entends cogner dans ma poitrine. Je suis en train de me liquéfier, chaque battement est une vague de trois mètres que je me prends en pleine face. Je... Je vais être en retard au travail, moi ! Je plie soigneusement le papier, puis le range dans mon portefeuille. J'vais baiser, putain ! Sur le papier on peut lire :

Après avoir regardé, si on touchait ?

Rendez-vous ce soir à minuit, sur le toit.

Comment passer une journée normale après ça ? Je vous explique : vous avez envie de faire une danse de la joie toutes les deux minutes, puis une autre voix arrive dans votre tête pour vous dire que rien n'est gagné et que ça ne veut rien dire. J'oscille entre les deux depuis ce matin. Les gars au boulot me trouvent bizarre, je leur dis que tout va bien. Je n'arrive pas à me concentrer ! Il faut que je redescende en pression. Tout va bien, tout va bien, tout va bien.

– Tout va bien ?

– Oui, oui, tout va bien, et toi ?

– Pourquoi tu tiens ton couteau à l'envers ?

– Ah… Héhé, c'est parce que j'ai peur de me couper, je l'ai trop aiguisé…

– Ouais, mais là, tu es en train de nous faire de la purée de persil…

– Je… Pardon.

Je pense que Oualid a grillé qu'il y a un truc.

*

Je me concentre et, bien qu'elle passe lentement, nous voici au terme de la journée. Il est vingt-trois heures cinquante, je sors de la douche, j'ai un bonbon à la menthe dans ma bouche, une capote dans ma poche, j'ai même pris une bouteille de vin blanc et des huîtres. J'ai tellement appréhendé cette rencontre que, maintenant, j'ai une position plutôt neutre face à l'événement imminent. Je laisse venir, on verra bien ce qu'il se passe. Je regarde mon téléphone, minuit. Bon, O.K., je ne suis pas du tout neutre ! Mon cœur s'emballe, je l'entends battre au creux de mes tempes. Ça me replonge à l'époque du collège, ce moment en cours de musique, lorsque ton voisin est en train de jouer *Titanic* à la flûte à bec, et qu'après lui, c'est ton tour ! Et qu'en plus, il joue super bien alors qu'il t'avait dit qu'il ne l'avait presque pas préparé ! Je ne suis pas prêt. On n'est jamais prêt ! Mais on dirait bien que c'est le moment. J'attends quelques minutes pour ne pas faire le mec trop ponctuel. Je suis là, assis sur le rebord de mon lit, mon sac sur le dos, le bonbon a fondu dans ma bouche, je regarde mon téléphone, il est minuit trois.

Allez, les trois minutes de délai pour paraître suffisamment détaché sont respectées, je peux me lancer. Je me redresse. En face, la lumière est toujours éteinte, elle s'est faite discrète, ce soir, je ne l'ai pas vue, elle doit être aussi gênée que moi à l'idée de sauter le pas. L'idée de nous savoir tous les deux barricadés me fait sourire, j'imagine qu'elle est déjà sur le toit. Je prends une grande inspiration et j'enjambe ma fenêtre pour aller poser mon pied sur le rebord juste devant. Je me retrouve sur une parcelle d'environ trente centimètres qui fait toute la longueur de l'immeuble. D'un côté, mon appartement, de l'autre, le vide. Wow. C'est haut, six étages. J'ai eu la bêtise de regarder en bas, mon corps a une réaction immédiate de recul et se plaque contre l'encadrure de ma fenêtre, l'air de dire : « T'es sérieux, là ? » Je reprends mes esprits et escalade la lucarne pour me hisser au sommet du bâtiment. Ça y est. Bien que la pente soit plus douce, je suis encore moins à l'aise, je n'ai plus rien à quoi me raccrocher et le vent me nargue, il caresse ma joue. La légère brise me donne l'impression de perdre l'équilibre, je pose mes mains à plat sur le toit. Je vais devoir me déplacer comme ça, tant pis, je ne peux pas faire autrement. Un champ magnétique fixe mes paumes et mes pieds au zinc, une sorte de super pouvoir ; si j'étais un personnage de Marvel, je m'appellerais Vertigo. Je n'ai aucune foutue idée de comment je vais faire pour redescendre jusqu'à chez moi, on verra ça plus tard. Je dois rejoindre ma voisine. Où est-elle ? Je redresse la tête, regarde à gauche puis à droite. Personne. Je vais m'asseoir ici, exposé en plein *no man's land.*

Quarante minutes plus tard, je suis toujours là, cloué sur mon toit, sauf que maintenant, j'ai froid et je m'inquiète pour elle. Je me demande bien ce qui a pu lui arriver. Pourvu qu'elle ne soit pas tombée en voulant grimper jusqu'ici ! Je pensais être bien placé, mais je prends mon courage à deux mains et décide de faire le tour du toit, pour être sûr qu'elle ne s'y trouve pas. Peut-être qu'elle aussi, dans son coin, est en train de se demander ce qui peut bien me prendre autant de temps. Je fais le tour du U que forment nos deux bâtiments, je m'approche du bord pour regarder sa fenêtre. Elle est toujours éteinte. Je n'arrive pas à l'accepter, mais on dirait bien qu'elle m'a planté. Pour repousser le verdict et surtout l'épreuve de la redescente, j'attends encore de longues minutes. Il est bientôt une heure et rien ne change, alors je me résous à rentrer chez moi. Bordel, qu'est-ce que c'est haut ! Je sais que je l'ai déjà dit, mais ça paraît encore plus haut lorsqu'on doit descendre pour regagner l'étage inférieur. J'atterris, ou plutôt, je m'écrase dos au sol, j'ai la respiration coupée quelques secondes, la bourriche d'huîtres a éclaté dans mon sac à dos, je peux sentir l'eau iodée imbiber mon T-shirt en me relevant et, comment vous dire, ça plus la frustration, la déception et le vertige, je ne parviens pas à retenir mes larmes. Il est tard, je dois dormir.

Chapitre 12

À six pintes,
je commence à faire
n'importe quoi,
j'en suis à cinq…
Serveur !

Elle

« Tu vas nous manquer, je te souhaite de trouver l'épanouissement dans ta nouvelle vie, et pour ça, je te fais confiance. P.-S. : Je sais que ça porte malheur de fêter ça en avance, mais vendredi prochain, c'est le 14 juillet et personne n'est là. Quelle idée de se barrer au beau milieu de l'été ? ;) »

Voilà ce qu'on pouvait lire au milieu d'un tas d'autres mots sur la carte qui joint mon cadeau de départ, un magnifique appareil photo argentique. Sandra, avec sa subtilité légendaire, s'est grillée il y a quelques semaines en me demandant l'air de rien « ce qui me manquait dans la vie ».

– Un sens, ai-je répondu.

– Ah non, mais genre, en objet… ?

Je n'ai pas trop su quoi répondre sur le coup, mais au moment d'aller aux toilettes, j'ai fait exprès de laisser mon ordinateur ouvert sur l'article d'un blog « Comment se lancer dans la photographie argentique », et je suis plutôt fière de constater que ma manipulation a fonctionné.

Je ne voulais pas fêter mon départ en grande pompe, car je n'aime pas avoir l'attention braquée sur moi, et c'est pourtant ce qui est en train de se passer à cet instant. En cette fin d'après-midi, l'agence entière s'est rassemblée en salle de réunion pour célébrer mon départ, et ça me ferait presque regretter de partir. C'est toujours pareil, c'est au moment de quitter une situation que les beaux côtés nous apparaissent, scintillants. Tous ces visages heureux, le sourire en coin au moment de me passer l'éternel diapo-photo humoristique des meilleurs moments de ma carrière. C'est maladroit, ça manque de rythme, mais rien que le fait que ces gens aient pris de leur temps pour moi, ça me fait fondre. Je suis sur un petit nuage. Puis Sandra s'approche avec un sourire malicieux.

– Alors ? Tu t'y attendais pas, hein, pour l'appareil photo ? Ça te plaît ?

– Oh, c'est ton idée ? Mais c'est comme si tu lisais dans mes pensées ! C'est dingue, tu pouvais pas mieux tomber ! Comment t'as su ?

– T'as fait exprès de laisser ton ordinateur allumé sur des sites d'argentique dès que tu partais aux toilettes pendant un mois, c'était difficile de se tromper, me rétorque-t-elle d'un air attendri. Tu es tellement dans le contrôle ! J'espère que cette pause t'aidera à te détendre.

Je ne sais pas quoi répondre tellement je suis gênée. Finalement, sa subtilité outrepasse la mienne puissance mille. J'ai encore beaucoup à apprendre. Elle interrompt mon silence :

– En tout cas, on boit un verre à *La Cabane* ensuite, hein ?

– Euuh... Oui, mais par contre, je traîne pas.

– Oui, oui, comme d'habitude, hein. On sait comment ça se termine, les « je rentre pas tard ».

Et voilà, je sens s'enclencher ce tapis roulant qui nous amène jusqu'au bout de la nuit. Mais ce qu'elle ne sait pas, c'est que cette fois, je ne traînerai vraiment pas. J'ai la permission de minuit, comme Cendrillon, et c'est sur les toits, avec mon petit voisin, que je vais poursuivre la soirée. Je n'ai pas le droit d'arriver ivre, déjà parce que je pourrais me tuer en voulant grimper là-haut et, surtout, parce que je ne veux pas prendre le risque de louper ce rendez-vous. J'y ai pensé tout au long de la journée. Pas une minute ne s'écoule sans que mon cerveau n'essaie d'appréhender la scène, d'imaginer son odeur, sa voix, son accent. Pourvu qu'il n'ait pas un accent du Sud, je ne sais pas si j'arriverais à passer outre ! Et s'il est con ? S'il vote à droite ? S'il investit dans les NFT ? Ce rendez-vous, c'est l'aiguille qui va éclater la bulle de poésie qui entoure notre rencontre, et ce sera quitte ou double.

Je m'installe donc au bar, entre Sandra, ma future ex-assistante, et Ludo, mon futur ex-DRH. Si, dans le fond, je suis soulagée de partir de cette boîte, ces deux-là vont me manquer. Sandra a cette énergie et cet optimisme nécessaire pour faire face aux clients les plus pénibles, et Ludo incarne vraiment son métier au sens propre, ses yeux sont capable de scanner n'importe quel humain et de trouver des ressources au fin fond de sa personnalité. Il a le pouvoir de t'écouter, de te mettre en avant et te laisser parler. C'est redoutable, de se prendre une cuite en sa compagnie, tu lui donnerais ton code bancaire sans t'inquiéter.

On est à peu près dix autour de cette table, et les discussions battent leur plein dans un brouhaha joyeux. On y est allés tellement de fois en *afterwork* à ce bar que, lorsqu'on s'y installe, c'est un peu comme lorsqu'une famille s'assoit à sa table à manger. Chaque place est attitrée sans qu'on ait à y réfléchir. Le serveur arrive pour prendre notre commande, mon cerveau pense « limonade », mais ma bouche dit « pinte ». Pourquoi ? Je ne saurais l'expliquer, sans doute parce que c'est ce que les neuf autres personnes ont répondu de concert. Parce que c'est toujours comme ça que commence une soirée à *La Cabane*. Parce qu'au moins une, pour accompagner les autres et ensuite, je passe sur du *soft*. Parce que merde, une bonne bière, c'est ce dont j'ai envie, là, maintenant. La voilà qui arrive, justement, on trinque, je bois une goulée, allume une cigarette, aspire une bouffée et atteins la plénitude des sens au milieu de ce tumulte.

– Et du coup, tu fais quoi après ?

– J'en profite pour ne rien faire, justement. Il y a un moment que je ne me suis pas ennuyée, et c'est souvent là que se révèlent les idées. Je manque de temps, et je me rends compte que c'est finalement la valeur la plus prisée dans ce bas-monde, alors je compte bien m'en mettre plein les poches, mes amis !

– C'est clair, je ne sais pas quand c'était la dernière fois que je me suis ennuyée, me répond Sandra d'un air pensif. Je devais être enfant ! Mais je crois que ça ne me manque pas du tout. Quand il n'y a pas de mouvement autour de moi, j'angoisse. Alors, je vous parle même pas du silence ! Dès que j'arrive chez moi, je mets la télé pour ne pas m'entendre penser.

– Encore ces voix dans ta tête, hein ? C'est revenu... intervient Ludo d'un ton railleur avant de s'adresser à moi. Bon, dis-nous, tu vas pas non plus vivre dans une yourte dans le Massif central, tu restes avec nous, hein ?

– Ah, mais j'ai jamais dit ça ! Je ne suis pas encore prête à quitter Paris et tous ses restaurants ! On continuera à se voir. Je saturais juste de mon travail. Tu vois, il y a tellement de possibilités dans cette ville, c'est dommage de s'endormir à un poste qui ne me passionne pas. En plus, je vole la place d'une personne qui pourrait réellement s'y épanouir.

– Oui, mais t'as bien vu que, depuis un mois, on enchaîne les entretiens et on galère de ouf pour trouver quelqu'un qui t'arrive à la cheville, répond Ludo d'un ton contrit.

– Bon, je pense qu'on peut arrêter la comédie, maintenant… fais-je tout en fixant Sandra.

– Quoi ? dit-elle en levant le nez de son téléphone.

Je me lève de ma chaise, m'empare d'une cuillère qui traînait sur la table et la fais retentir contre mon verre, *ding-ding-ding-ding-ding.*

– Mesdames, messieurs, s'il vous plaît, je vous demande un moment d'attention. Sandra, veuillez poser un genou à terre.

Elle me regarde, interloquée, et je dois lui faire les gros yeux pour qu'elle s'exécute finalement.

– Par les pouvoirs qui me sont conférés, je vous transmets la succession de mon poste de cheffe de projet sénior au sein de notre grande famille, que je m'apprête néanmoins à abandonner lâchement, pour cause de… euh, burn out.

– Mais O-M-G ! T'es sérieuse, meuf ?!

– Laissez-moi finir, je vous prie. Acceptez-vous cette immense responsabilité ? Veuillez lever la main et dire « je le jure ».

Chapitre 12

– T'es sérieuse ? C'est vrai de vrai ? répond-elle en levant une main tremblante d'excitation. Je le jure !

– Vous pouvez vous relever, vous êtes maintenant cheffe de projet sénior devant Dieu. Pour l'être devant l'administration, il faudra vous en référer à Ludo ici présent.

– Je m'y attendais tellement pas ! La vache, je suis trop émue, là, c'est trop !

– Je ne vois pas comment ça ne t'as pas effleuré l'esprit avant, tu es la personne la mieux placée au monde pour me succéder, ça fait cinq ans que tu m'accompagnes avec brio.

Je dois dire que je ne suis pas peu fière d'avoir réussi à décaler l'attention que le groupe me portait sur Sandra. Et elle a l'air vraiment émue, à tel point qu'elle commence à pleurer d'émotion, et Ludo se voit obligé d'intervenir.

– Ah non, hein ! Pas de larmes ce soir ! Assieds-toi, on va redescendre sur Terre. Calme-toi, respire un grand coup, on va prendre un mètre de shooter pour fêter ça, et tout rentrera dans l'ordre, d'accord ? Patron ! Un mètre de Jet !

– Oui, tu as raison ! répond Sandra en agitant la main sur son visage pour faire redescendre la température.

– Et merde… prononcé-je pour moi-même.

Bon, seulement une bière et un shooter. Ça va aller. Juste de quoi me désinhiber un peu pour mon rendez-vous. Il est vingt heures cinquante, j'ai encore largement le temps. Les shooter arrivent, on passe un bon moment à se témoigner notre admiration mutuelle. J'enchaîne les cigarettes, on rigole. Je guette de temps en temps mon téléphone, et à chaque regard, l'heure fait des bonds énormes. Je vais aux toilettes, car je vous ai pas dit, en fait, j'ai repris une bière, enfin, on m'en a offert une… Non mais après, il est encore hyper tôt, vingt et une heures dix. Je la bois doucement, histoire de ne pas boire trop, elle est quasi finie et je n'en prendrai pas d'autre ! Au moment de rentrer, je marcherai jusqu'à chez moi, histoire de m'aérer l'esprit et ça ira très bien. En vrai. Ça va. Je rentre des toilettes et vois à ma place un verre de bière bien fraîche rempli à ras-bord avec, à côté, un shooter de Jet.

– Aaaah, t'as fini d'faire caca ? On va pouvoir trinquer ! Dépêche-toi parce que moi aussi, j'ai envie d'aller au petit coin !

– C'est quoi, ça ?

– On a repris une tournée, et comme ta bière était tiède, on t'en a commandé une autre ! T'as vu comme on est aux petits soins avec toi ?

– Ah non, mais je bois plus rien, moi ! Je dois partir bientôt.

Le reste de la table me regarde, le bras tendu, brandissant fièrement leur verre. Je craque et les rejoins dans cet élan fraternel. Je goûte ma bière, et c'est vrai qu'elle est fraîche. Je m'allume une cigarette et chaque bouffée me détend davantage, je crois que je commence à être pompette et c'est grave, c'est très grave. Ce n'est plus contre les autres que je vais devoir lutter, mais contre moi-même. Chaque goulée appelle la prochaine et apaise la pression que je me suis mise toute la journée avec ce rendez-vous programmé. Je consulte mon téléphone : vingt-deux heures cinquante.

Chapitre 12

– Il faut que je rentre !

– Mais pourquoi ? C'est notre dernière soirée ensemble !

– Il faut que je rentre parce que j'ai un *date* avec un garçon ! Roh, voilà !

– Mais geeenre ! La meuf, elle nous lâche ça comme ça en mode *by the way* ! C'est qui, ce mec ? Il sort d'où ? me demande Ludo d'un air tout à coup sérieux.

Je ne sais vraiment pas ce qui m'a pris de leur en parler, maintenant, ces deux fouines vont me travailler au corps, et je sens quelques oreilles de mes collègues trainer sur notre discussion.

– Alors, alors, alors ? Il s'appelle comment ? s'impatiente Sandra face à mon silence.

– Bon, déjà, moins fort, vous deux ! J'étais pas censée vous en parler !

Je leur fais signe de se regrouper façon mêlée de rugby.

– Aloooooors ?! réitère Sarah.

– Je ne sais pas comment il s'appelle.

– Quoi ? Comment ça se fait ?

– Je ne sais pas comment il s'appelle ni rien d'autre sur lui. Fin de la discussion.

– Bah, en tout cas, envoie-lui un texto pour lui dire qu'on t'a fait une surprise et que tu peux pas venir, il comprendra...

– Je peux pas, j'ai pas son numéro...

– Oui, enfin, joue pas sur les mots, envoie-lui un message sur Insta, Facebook, WhatsApp, Snap, Twitter, Tinder, Fruitz, euh... Pure, je sais pas, moi ! Tu peux même lui envoyer un mail si tu veux...

– J'ai aucun moyen de le contacter, je ne lui ai même jamais parlé, je suis obligée d'y aller !

– Nan mais là... Prends-nous encore plus pour des cons, s'il te plaît ! T'aurais au moins pu travailler un minimum ton mytho, réplique Sarah avant de partir dans un fou-rire. « Oui, j'ai un *date* avec un mec, euuuuh j'ai pas son num ni son prénom, mais euh, c'est vrai, hein ! Il existe ! »

– Sarah, tu es ivre, dis-je avec le sourire en coin, en me retenant de rire à l'absurdité de la scène.

– Et il est où, ce rendez-vous ?

– Sur le toit de mon immeuble.

– Pardon ? C'est vrai ?

– Oui, cette personne, c'est mon voisin.

– Vrai de vrai ?

– Oui !

– Bon, alors, quand bien même ce grossier mensonge serait vrai, il est hors de question que tu y ailles, je ne te laisse pas monter sur un toit en ayant bu de l'alcool. Même sans avoir bu, en fait ! répond Ludo, cette fois d'une voix ferme.

Chapitre 12

Il n'a pas tort, et je me retrouve coincée face au sort et à la somme de mauvaises décisions que j'ai prises tout au long de cette soirée. Je ne peux pas me présenter à lui comme ça, à moitié ivre, je lui ferais la pire première impression, la voix engourdie et les yeux désynchronisés. C'est trop tard, merde ! C'est trop tard. Et en même temps, je ne peux pas lui poser un lapin, comme ça, après lui avoir unilatéralement donné rendez-vous. Mais si ça se trouve, le mot que j'ai fixé sur mon chat, il ne lui est pas parvenu ! Et je suis en train de me prendre la tête pour rien. C'est même ultra probable, en fait ! Et quand bien même il aurait reçu ce bout de papier, qu'est-ce qui me dit qu'il viendra ? Mes pensées s'embrouillent, il me faut une cigarette, mon paquet est déjà vide ; Ludo, qui m'a surveillée du coin de l'œil, m'en tend une.

– T'as l'air bizarre depuis tout à l'heure... C'est vrai pour ce voisin ?

– Oui, c'est vrai...

– Tu m'expliques un peu plus en détail ?

– Non, n'en parlons plus. Foutu pour foutu... Patron ! On va reprendre un mètre de shooter ! Pour fêter ma connerie !

– Aaaaaah ! Bah voilà ! C'est ça qu'on veut !

Je lâche totalement prise et n'ai plus envie que de m'anesthésier le cerveau pour arrêter de réfléchir et reporter le problème à demain. Demain est un autre jour, et tant que je ne me couche pas, on n'est pas demain. Alors, je lâche la bride et fais en sorte de kiffer ma soirée, bien blottie dans le déni.

Chapitre 13

Des fois,
t'es dans le noir,
mais c'est juste
que tu as oublié
d'ouvrir les volets.

Lui

J'ai l'impression de me traîner une gueule de bois aujourd'hui, je n'arrive pas à me concentrer plus d'une minute sur quoi que ce soit. Je remarque que j'ai prêté beaucoup plus d'importance que je ne pensais à ce que je prenais pour un début d'histoire, et la frustration m'envahit. Je ressens de la colère, aussi. Envers moi-même, pour avoir été suffisamment con pour prendre au sérieux ce qui manifestement n'était qu'un jeu pour ma voisine, au point qu'elle se permette de m'allumer le matin pour me planter le soir même ! C'est quoi ? Une épreuve ? Une espèce de règle fondamentale de la drague du genre « attendre au moins un jour avant de renvoyer un texto à la personne que l'on vient de *dater* » pour montrer son détachement ? Mais j'en ai rien à foutre, de son détachement, c'est elle qui est venue me chercher ! C'est elle qui me nargue depuis le début ! À se montrer comme ça, à sa fenêtre ! J'ai rien demandé, moi ! À la base, je devais bosser et habiter au *Fouquet's*, apprendre auprès des plus grands de ma profession, servir des gens blindés qui me laisseraient des pourboires du montant d'un demi-Smic ! Je me retrouve à ouvrir des huîtres dans une petite brasserie et, le soir, je rentre dans ma piaule de merde sous les toits où il fait quarante-cinq degrés, avec pour toute vue l'immeuble d'en face et, dans cet immeuble, une voisine qui me montre son cul, tout ça pour voir si je suis assez bête pour grimper sur le toit en plein milieu de la nuit.

Chapitre 13

La réponse est oui ! Sans surprise ! Je me précipite dans n'importe quel piège dès que je fais deux pas dans la vie. C'est ça, grandir ? Avoir de superbes occasions, s'y précipiter et découvrir avec stupeur que, surprise, c'était une blague ! Tu m'étonnes qu'on devienne désabusé avec le temps, il nous vide de toute la candeur qui nous compose, et je déprime déjà en m'imaginant quel vieux con je serai dans dix ans, vingt ans, quarante ans, si je continue à me faire baiser comme ça. Peut-être qu'elle déménage et qu'elle s'est tapé un délire en me chauffant juste avant de se volatiliser. Je serai le premier mec qu'on *ghost* non pas par message, mais uniquement dans la vraie vie. Je la vois bien, avec une copine ou bien son mec, à me regarder attendre sur le toit, comme un con. Ils ont dû bien se marrer.

– Tu as l'air ailleurs, aujourd'hui... Ça va ? me demande Joe.

– Oui, oui, ça va.

– O.K.... Si jamais ça n'allait pas, tu pourrais m'en parler, tu sais. Je ne sais pas si j'aurais une solution, mais je pourrais toujours écouter.

– Merci. Je m'en rappellerai si jamais ça n'allait pas bien.

Je n'ai pas envie de parler de ce qui m'arrive. Tout simplement car il n'y a rien à dire. Je me suis fait poser un lapin, tu parles d'une affaire, que ce soit dans un bar ou sur un toit, ça arrive à des centaines de gens tous les jours. Je culpabilise de me mettre dans cet état pour quelque chose de si banal, et c'est un cercle vicieux, je peux sentir ma mauvaise humeur s'échapper par tous les pores de ma peau, former un épais nuage noir autour de moi et envahir petit à petit la pièce.

Tandis que je m'enivre de ma propre négativité, une partie de mon cerveau essaie de me faire relativiser. Je ne veux pas me l'avouer, mais j'ai encore de l'espoir, l'espoir qu'elle ait eu un empêchement, un imprévu, peut-être même un accident, pas un accident grave, hein, juste une perte de connaissance ou une appendicite, qu'elle se réveille ce matin à l'hôpital et que ses premiers mots soient : « On est quel jour ? Mon rendez-vous ! J'ai loupé mon rendez-vous ! » Là, les infirmières essaient de l'empêcher de se lever, mais trop tard, elle arrache déjà son cathéter et détale dans les couloirs. « Vous devez rester en observation, madame ! » « Je peux pas, j'ai rendez-vous avec mon destin ! » Un truc comme ça. Bon, là, c'est un peu cliché, mais dans l'idée, quoi. Et maintenant, je m'en veux de lui souhaiter du malheur pour expliquer qu'elle m'ait fait poirauter pour rien hier soir. Mais au moins, ça voudrait dire qu'il y a encore une chance pour qu'on se voie. Parfois, on espère des choses de manière égoïste, ça ne fait pas de nous des mauvaises personnes… Si ?

– Il manque deux crabes sur celui-là, on passe pour des voleurs, c'est génial ! me dit le serveur en jetant un plateau de fruits de mer sur l'inox de mon plan de travail et en me toisant d'un air supérieur.

J'ouvre le frigo, m'empare d'un tourteau, le pose sur ma planche à découper, appuis mon couteau sur la coquille et, en un craquement retentissant, abat la lame, séparant d'un coup net l'animal de part et d'autre de celle-ci. Je place le crabe sur la glace, tout ça en soutenant le regard du serveur. Je sais que je suis en tort, mais il n'a pas à me parler comme ça. En cuisine comme partout, il est question de rapports de force. Tout le monde est sous pression et la transmet volontiers aux autres ; généralement, je me laisse bouffer, mais aujourd'hui, je ne suis pas d'humeur.

Chapitre 13

Mes gestes sont puissants et précis tandis que j'ouvre encore et toujours des huîtres que ces touristes ne cessent de nous commander. J'ai une amie qui avait rencontré quelqu'un sur une application de rencontres, ce quelqu'un lui avait donné rendez-vous pour ensuite la planter le soir même. Quelques semaines plus tard, elle l'avait croisé en ville et il s'était écrié : « Oh, mais vas-y, il faut qu'on aille se boire un verre ! », puis il l'avait plantée une deuxième fois avec une excuse de merde. Ce que je veux dire, c'est que soit elle m'a posé un lapin volontairement, et ça fait d'elle une personne odieuse, soit elle est à l'hôpital, et ça fait de moi quelqu'un d'encore plus odieux… La première est plus probable, elle se fout totalement de moi, elle avait peut-être juste mieux à faire. Elle a rythmé mes soirées pendant des semaines, et pour elle, je ne suis qu'un… Aïe ! Bordel de bite ! Des gouttes rouges tapissent bientôt l'acier inoxydable devant moi. Ma main ! J'ai mal ! Et l'eau salée n'arrange rien. Je me suis entaillé la paume !

– Mais tu saignes ! Qu'est-ce qui… Mais ton gant en cotte de maille !? Pourquoi tu ne l'as pas mis ? s'écrie Joe.

– Arf… Parce que c'est pas pratique…

– Oui, tu as raison ! C'est vrai que des gants de protection, c'est beaucoup moins pratique pour s'ouvrir la main !

– Tu peux parler, tu n'en mets pas non plus !

– Qui a la main ouverte, ici ? Allez, suis-moi, il faut qu'on te désinfecte tout ça, j'espère qu'il ne faudra pas faire de points…

– Ah non, pas des points de suture !

Je me retrouve dans le bureau de la patronne en train de me faire désinfecter le creux de ma main. Et son verdict n'est pas bon :

– C'est pas vrai, tous les ans, il faut qu'il y en ait un qui se coupe un bout de doigt ou se transperce la main !

Je sors du restaurant avec un gros bandage et, ironie du sort, c'est moi qui vais finir aux urgences. Je passe chez moi pour prendre ma carte vitale. Au moment où je sors de l'immeuble, mon sang se glace. J'aperçois, au loin, ma voisine, qui sort de chez elle, en robe bleue avec de grandes lunettes de soleil et, surtout, elle est suivie d'un homme. Il est grand, bronzé, porte un polo rose et des Birkenstock, a vraiment une sale gueule de... de Parisien ! Et bizarrement, ils vont bien ensemble. Tandis que je les vois s'avancer dans la rue en riant, je me dis qu'en effet, nous ne sommes pas du même monde, elle et moi. Au moins, je suis fixé. Elle n'en a vraiment rien à foutre de moi. Désormais, mes volets seront fermés, jusqu'à ce que je trouve un autre appartement. Mes poings se serrent de rage, aïe ! J'avais oublié ma coupure, ça pique !

Chapitre 14

Une occasion,
c'est une tasse de thé.
Il ne faut pas se précipiter,
sinon ça brûle.
Mais si on attend
trop longtemps,
elle devient
complètement
froide.

Elle

Je me réveille la gorge sèche, avec dans ma bouche un goût de tabac froid, et dans mon lit... Un homme de dos ! Qu'est-ce qu'il fait ici ? Et qui est-il ? Je n'ai aucune idée de comment il est arrivé là, pour la simple et bonne raison que moi-même, je ne me souviens pas non plus de comment je suis rentrée chez moi. En tout cas, le décor m'est familier, c'est bien mon lit. Merde, qu'est-ce que j'ai foutu hier ? J'ai mal à la tête, il fait chaud, je suis en culotte et T-shirt à côté de cet inconnu, on a quand même pas... ? En tout cas, si j'en crois la position du soleil, le jour doit être suffisamment avancé pour que je sois en retard pour l'hebdomadaire galette du samedi chez mes grands-parents. Je n'ai pas mon téléphone à portée de main et je me résous à briser le mystère. Je me redresse d'un trait, me penche sur le visage de...

– Bouh !

– Oh, mais c'est toi, Ludo ! Tu m'as fait peur ! m'écrié-je, mais en même temps, quel soulagement. S'il y a bien une personne avec qui il ne peut rien se passer, même ivre, c'est bien lui. Qu'est-ce que tu fais ici, toi ?

– Pardon ? On t'a sans doute sauvé la vie, avec Sandra, tu te rappelles pas ?

– Non...

Chapitre 14

Et il entame un résumé de la soirée d'hier, faisant éclore quelques souvenirs. Apparemment, une fois notre QG fermé, on a décalé dans un autre bar de nuit obscur que Sarah avait noté dans sa « liste des bars à faire avant la fin du monde ». La musique était forte, les personnes entassées, et plus mon taux d'alcoolémie montait, plus je revenais à la charge sur le même sujet.

– Mais merde, j'ai tout raté ! Mon voisin doit me détester ! Je vais être obligée de déménager ! T'imagines ! T'imagines ! T'imagines ! Je fantasme depuis des semaines sur cette rencontre ! Et là, je me retrouve à boire des coups comme une conne ! m'imite Ludo avec un accent exagéré.

– Je parle pas comme ça.

– Bien sûr que si.

– Non mais t'exagè...

– Je lui ai fait une daaaaaanseuh, une danse !

– Attends, je vous ai raconté ça ?

– Tu nous as tout raconté ! Chaque détail, au moins dix fois. Et bref ! On a dû te rattraper à plusieurs reprises parce que tu voulais rentrer chez toi pour retrouver ton prince charmant.

J'en reste bouche bée.

– Finalement, avec Sarah, on s'est dit que la seule façon que tu ne fasses pas de bêtise, c'était de te raccompagner chez toi et de monter la garde afin d'éviter que tu ne passes par la fenêtre.

– On a dormi tous les trois ici ?

– Oui, on a bien rigolé, d'ailleurs. À peine passé le pas de ta porte, tu es tombée comme une pierre au milieu du lit, et on a fait de même de chaque côté de ton vieux corps fatigué. Sarah avait un cours de yoga à neuf heures ce matin, je ne l'ai pas entendue partir, mais apparemment, elle a eu le courage de se réveiller.

– Là, il est quelle heure ?

– Midi trente.

– Décidément, j'enchaîne ! Je devais aller manger chez mes grands-parents ce midi. Il faut que je les appelle !

La batterie de mon téléphone est vide, forcément. Je le recharge et compose le numéro.

– Allô, Mamie ! Oui, c'est moi ! M'attendez pas pour le déjeuner, je serai en retard ! Je viendrai plutôt pour le goûter, hein, vers quinze heures, comme ça, vous avez le temps de faire la sieste.

– Mon Dieu, ta voix ! Tu viens de te réveiller ou quoi ?

– Haha, oui, tout juste !

– Toi, tu as fait la java hier soir ! Ou la teuf, plutôt ? C'est comme ça qu'on dit, maintenant ?

– Continue à dire java, Mamie, je t'en supplie. Bon, je te laisse ! À tout à l'heure !

Tandis que je fais les cent pas dans mon salon, mon regard se pose sur un papier jaune, posé au milieu du mur de mon voisin. C'est le Post-it d'invitation que je lui ai envoyé. Et merde ! Il l'a donc bien reçu.

Chapitre 14

Si une bonne douche ne me lave pas de mes péchés, elle me redonne une odeur socialement acceptable. Ludo en fait de même, et on part tous les deux direction le métro.

– Bon, et tu penses faire quoi pour ton cher voisin ?

– Ben... J'en sais rien.

Je me répète cette question tout au long du trajet en RER. Et lorsque j'arrive chez mes grands-parents, elle demeure toujours sans réponse. Comment me rattraper après un départ comme ça ?

– Ah, voilà la plus belle !

– Héhé, bonjour Papy, vraiment désolée pour le retard.

– Oh bah, y a pas d'mal, on s'est juste inquiétés.

– Il fallait pas, tout va bien.

On s'installe dans le jardin à l'ombre du parasol pour discuter de choses et d'autres, et je ne sais pas si c'est les nerfs qui lâchent après la soirée d'hier, ou simplement la beauté de la scène, mais ça me touche de voir mes grands-parents côte à côte, liés l'un à l'autre après toutes ces années. Depuis que je suis née, Papy et Mamie, c'est... Papy et Mamie. Je ne les ai jamais connus sous un autre statut, contre vents et marées, ils sont restés indistincts, ils ont carrément fusionné pour devenir une entité propre, « Papyetmamie ». Pourtant, il y a bien eu un jour fort lointain où ils ne soupçonnaient même pas l'existence l'un de l'autre. Le jour du premier regard, du premier mot, du premier rendez-vous, du premier baiser... C'est marrant, après toutes ces années, je ne leur ai jamais posé la question.

– Vous vous êtes rencontrés comment, tous les deux ?

– Oh là, ça date !

– C'est toi ou Mamie qui a fait le premier pas ?

– C'est moi ! Et il était moins une… répond mon grand-père en lançant un sourire en coin à ma grand-mère.

– Raconte !

– C'était l'été 1971.

– Non en 1970 ! Je venais d'avoir mon bachot ! corrige ma grand-mère.

– Ah oui, 1970, dis donc. Bon, c'est pas le plus importa…

– Oui c'est vrai, j'arrête de te couper.

– Mais tu viens de le faire à nouveau ! plaisante Papy. Bref ! Ça n'allait pas fort pour moi, cet été-là, j'avais du mal à me remettre d'une relation terminée quelques mois plus tôt. Et, pour me changer les idées, mon frère m'emmenait faire la tournée des bars. Et pas pour la raison que tu crois ! Enfin si, mais pas que ! Sur la côte, au mois de juin, tous les cafés embauchaient des saisonniers, et surtout des saisonnières. Dans le village, tout le monde était au courant quand elles arrivaient ! Et les bars le savaient bien, il y en avait même un qui n'embauchait que des bombes, pour attirer plus de clientèle mâle, si tu vois ce que je veux dire… Bon, c'était le bar le plus bondé, donc je n'aimais pas y aller. Et donc, on se retrouve à aller au *Central Bar* ! Et là, la nouvelle serveuse qu'ils s'étaient dégotés… C'était ta grand-mère !

Chapitre 14

J'essaie de visualiser ce à quoi peut ressembler un mois d'été il y a cinquante ans. Les voitures d'époque dans les rues, les jukebox dans les bars, mon grand-père dans la fleur de l'âge, avec plus de cheveux et moins de ventre, poussant la porte du bistrot rempli de fumée de cigarette. Mamie, toute jeune, les cheveux longs et bruns. Je trempe un gâteau dans mon café, les oreilles attentives, et c'est comme si j'étais tapie là, dans un coin du bar, tandis que ma grand-mère prend la suite du récit.

– Je m'étais fait pistonner par le copain d'un cousin qui connaissait la patronne, et donc je travaillais tout l'été. Moi qui venais de ma campagne, tu parles, j'étais aux anges ! Mon travail consistait à faire le ménage le matin, préparer les casse-croûtes le midi, servir des demis, des canons et des cafés... Ça changeait pas tellement de ce que je faisais déjà chez mes parents en rentrant de l'école, et gratuitement ! Là, avec ce que j'avais gagné cet été, j'allais pouvoir me payer mes sorties étudiantes tout le reste de l'année ! Et donc, apparemment, je vois arriver ton grand-père, moi, je ne m'en souviens pas, c'est lui qui m'a dit ! Tu sais, je vais même te dire un truc, c'est plutôt pour son frère que j'en balançais, au début, il était beau, drôle, toujours une remarque pour me faire rougir, il avait du bagou... Ton grand-père, il était tout timide, à côté.

– Héhé, que veux-tu ! Moi, je suis long à la détente, mais quand je suis lancé, on ne peut plus m'arrêter ! s'exclame mon grand-père. Et finalement, qui est-ce qui est toujours avec toi, cinquante ans plus tard ? En tout cas, petit à petit, on s'entendait de mieux en mieux, ta grand-mère et moi. Elle avait un petit copain, dans son village, alors moi, je l'écoutais s'en plaindre et je ne me gênais pas pour lui faire remarquer que « tout de même, c'est bizarre qu'il ne soit jamais venu la voir de tout l'été ». Mais bon, apparemment, « il avait du travail ». Moi, je voyais bien qu'elle l'aimait sans plus et qu'elle n'avait rien à faire avec cette andouille !

– Mais t'es trop un briseur de couple, Papy ! je m'insurge, l'air taquin.

– Ah bah attends, une belle jeune femme comme ça, si tu y tiens, tu ne l'abandonnes pas pendant tout un été ! Il faut dire qu'il m'avait bien préparé le terrain ! Et puis, eh, je n'ai forcé personne, plaisante mon grand-père en regardant ma grand-mère avec connivence avant de reprendre. C'était mon petit rayon de soleil, ta grand-mère, tous les jours, quand je venais au bar, elle me donnait le sourire et, dans ma tête, je me mettais à élaborer un plan pour lui déclarer ma flamme. Attention, là, il faut suivre : je savais qu'elle partait le 29 août ou quelque chose comme ça, il me restait jusqu'à cette date pour lui parler. Mais tu sais comment ça se passe, c'est jamais le bon moment pour ces choses-là ! Alors, finalement, un soir, le 21 août, ça, je m'en souviens ! Toute guillerette elle me dit : « Eh, tu sais quoi, c'est mon dernier jour ! » « Ton dernier jour ? Mais tu devais pas terminer dans une semaine ? » « Si ! Mais avec toutes les heures supp' que j'ai faites, ma patronne m'a donné ma semaine ! Je suis trop contente ! » « Oh, c'est génial... »

On explose tous les trois de rire, puis ma grand-mère de se justifier :

– J'étais aux anges, après bientôt trois mois derrière le comptoir ! Une semaine de repos avant de reprendre les cours, c'était pas du luxe.

Chapitre 14

– Et moi qui manque de recracher mon demi ! s'exclame mon grand-père. Je trouve pas mieux à dire que « Ah bah, c'est génial, ça ! » Elle se barre ce soir et elle me l'annonce comme ça ! Toute contente ! Alors là, je termine fissa ma bière et je m'en vais en lui souhaitant le meilleur pour la suite. Mais je m'en vais pas bien loin. Juste au café d'à côté, à une place où j'ai vue sur son bar. J'ai un plan, je sais que le soir, après avoir fait le ménage, elle sort les poubelles, puis elle ferme le café. Donc, au moment où je la vois aller aux conteneurs, je sais qu'elle est sur le départ et que je peux aller la retrouver en tête à tête Les heures passent, j'enchaîne les Perriers tout en fumant cigarette sur cigarette et, dans ma tête, mon cerveau tourne à dix mille tours par minute, je prépare mes phrases d'accroche, j'anticipe ce qu'elle va me répondre, comment je pourrai rebondir, je pense à tout ! Et là, je jette un coup d'œil par la fenêtre. Les lumières du bar d'en face sont éteintes et, surtout, la voiture de ta grand-mère n'est plus sur le parking ! Bon Dieu, elle s'est barrée ! Alors, je bondis de ma chaise, je laisse un billet sur la table et je fonce jusqu'à ma voiture !

– Pendant toute la saison, je dormais chez mon frère qui travaillait pas loin de là, continue ma grand-mère. J'avais quoi, quinze minutes de route. Alors, je roule, je roule... Et là, je vois des phares dans mon rétro, ah, j'aime pas ça, surtout à cette heure ! Je ralentis pour laisser la voiture me doubler, elle ralentit... Je tourne à droite, elle tourne à droite. Je tourne à gauche... elle tourne à gauche ! Et ça pendant dix minutes. Oh merde, je commence à avoir les pétoches dans ma voiture ! Ce qui me rassure, c'est qu'en arrivant chez mon frère, je pourrai l'appeler à l'aide si jamais je me fais coincer par un tordu. Justement, j'arrive, la voiture se gare derrière moi. J'ai le cœur qui bat à cent à l'heure. Là, je vois quelqu'un s'approcher de la voiture et je reconnais ton grand-père, qui me fait des grands gestes ! « Oh, c'est toi ! T'es con, tu m'as fait peur ! »

– Mais tu as dû avoir tellement peur, Mamie ! j'interviens avant que mon grand-père prenne la suite.

– Comment veux-tu ne pas effrayer quelqu'un en la suivant à cette heure-là !? Mais j'avais pas le choix ! Alors, autant te dire que toutes les phrases que j'avais préparées se mélangeaient dans ma tête, mais tant bien que mal, j'ai réussi à dire ce que j'avais sur le cœur.

– Et toi, Mamie, tu l'aimes ou pas, à ce moment-là ?

– Oui, ton grand-père me plaisait, ça, je dois l'avouer ! Mais bon, j'avais jamais réfléchis à me mettre en couple avec lui, les amourettes d'été, on sait comment ça se termine, moi, je rentrais dans ma campagne à la fin du mois d'août, alors j'étais pas du tout dans ces trucs-là. Et puis, j'avais déjà un chéri ! Même s'il avait dû m'écrire une lettre de tout l'été... dit-elle d'un air honteux.

– Pour résumer, si on avait attendu quelque chose de ta grand-mère, tu serais pas là pour nous écouter aujourd'hui !

– Oui bah, écoute, c'est à l'homme de faire le premier pas ! Non mais oh, même si Mai 68 était passé par là, c'était encore comme ça, à l'époque.

– Moi, je savais que c'était la bonne ! Parfois, la vie met des gens sur notre route, et c'est une insulte au destin que de passer à côté sans s'arrêter pour faire un bout de chemin avec.

Chapitre 14

– Mais comment ça s'est fini ? j'interroge.

– Après avoir discuté un bon moment, on est rentrés chacun avec le numéro de téléphone et l'adresse de l'autre. On allait pouvoir s'appeler et s'écrire. Je me rappelle qu'il y a eu un point de rupture où je me suis dit « Ça y est ! » : au bout d'un moment, ta grand-mère m'a dit « J'ai froid », alors j'ai retiré ma veste en jeans et je la lui ai posée sur les épaules, l'air de dire: « Si tu sors avec moi, tu n'auras plus jamais froid. »

– Roh, quel baratineur ! Tu l'aurais vu à l'époque, il faisait moins le fier. Mais je dois avouer que le geste a marqué des points.

– Vous êtes en train de me décrire une scène de film, c'est pas possible !

– Ah, mais la vie est un film, ma grande ! Du début à la fin, au milieu de tous ces jours ennuyeux, il fleurit des journées extraordinaires ! répond mon grand-père avant de se faire railler par ma grand-mère.

– Dis donc, ça t'a rendu poète de repenser à notre rencontre, chaton... Mais en tout cas, on dit que tout est écrit, et moi, j'y crois !

– Oui, enfin, il faut savoir sauter à temps, aussi, parce que les trains qui s'arrêtent finissent par repartir, avec ou sans voyageur. C'est pas grave, il y en a d'autres après. Mais quand la destination te plaît, ça vaut le coup de sauter dedans. Non ? Si j'avais pas sauté dans ma voiture pour faire peur à ta grand-mère, nos vies seraient complètement différentes, et moi, je me plais bien dans celle-ci.

– Tu serais peut-être riche sans moi...

– Ah sûrement ! Vu combien tu me coûtes en…

– Je dois y aller !

– Hein ? Mais il reste encore du gâteau !

– J'ai un train à prendre, justement !

Je me redresse de ma chaise, prends mes jambes à mon coup et trottine jusqu'à la gare. « Attention au passage d'un train, éloignez-vous de la bordure du quai », annonce la voix dans les haut-parleurs de la station de RER. Un TGV passe à toute allure dans un vacarme assourdissant, et l'image me fait angoisser ! Bordel, je suis là, à me triturer la tête sur la marche à suivre alors que le temps passe et que j'ai juste à aller m'excuser ! Juste ça, finalement ! Après, la manière dont il va réagir, je ne peux pas la contrôler, mais ça ! Ça, je peux. Plus de fioriture, plus d'effeuillage qui prend des jours et des semaines. Je sonne chez lui et je lui parle avec le cœur ! On verra bien ce qui se passe en suite. Non mais attends, si je sonne chez lui, il va me claquer la porte au nez. J'ai une meilleure idée, je vais me faufiler chez lui en passant par les toits, et lui glisser un mot d'excuse avec mon numéro. Pour lui laisser le choix de me contacter ou non.

En sortant du train, je passe à côté d'un fleuriste. C'est quand même mieux avec des fleurs, un mot, non ? Non ! C'est *too much*, là… Bon, en fait, on s'en fout ! Donne tout, t'es plus à ça près ! Allez, je m'arrête ! De toute façon il rentre vers vingt-trois heures, le soir, ça me laisse tout le temps de bien faire les choses. *Go, go, go* ! Une demi-heure plus tard, je me retrouve chez moi, un bouquet de fleurs à la main, face à ma fenêtre. Il est dix-neuf heures, je décide de franchir l'encadrure. Quelle idée d'avoir pris des fleurs, heureusement que je n'ai pas le vertige, car je ne me facilite pas la tâche avec un bouquet dans une main. Quelle idée ! Je me faufile jusqu'à chez lui avec l'adresse d'un chat. J'atterris à pied joints au milieu d'un minuscule appartement. C'est dingue, je voyais bien de loin qu'il n'était pas très grand, mais je reste sans voix devant cette pièce où se côtoient toilettes, cabine de douche, évier et lit, tout ça sous les murs inclinés des combles. C'est l'habitation d'un Hobbit ! Mis à part deux chaussettes qui traînent par terre, tout est ordonné, bien à sa place, pas de place pour le surplus. La décoration est sommaire, je peux voir le Post-it que je lui ai envoyé avant-hier trôner au milieu du mur blanc qui fait face à la fenêtre. Et, ah oui, juste ici, sur la portion de mur sur lequel le lit est appuyé, je peux voir une sorte de mosaïque de photos polaroid. Ici figurent trois garçons portant un tablier de cuisine et faisant des signes de gang, c'est lui, là, au milieu ; sur une autre photo, on peut voir ces trois mêmes garçons attablés à la terrasse d'un bar. Ce sont ses collègues de travail, j'imagine. Ici, un coucher de soleil au-dessus de Notre-Dame ; à droite, un ticket de métro, et ici, un prospectus du Palais de Tokyo…

Je m'égare. J'ai le sentiment bizarre d'être en train de salir de ma présence un lieu sacré. Je me rends compte de la gravité de ce que je suis en train de faire. Avec des fleurs ou non, je suis tout de même entrée chez lui par effraction. J'ai l'impression d'être une pilleuse de tombes. Fais ce que tu as à faire, et lève le camp ! Je m'assois sur son lit, sors de ma poche un Post-it, un crayon, et inscris les trois mots que mon cœur veut lui adresser : « Désolée pour hier soir. » Merde. C'est nul. Maintenant, j'ai Tryo dans la tête. Fais chier ! Je chiffonne. « Me pardonneras-tu ? » Je chiffonne. « M'accordes-tu une deuxième chance ? » Nul ! Raaaah, j'avais plein d'idées tout à l'heure ! Pourquoi je ne les ai pas notées ? Attends, attends. Réfléchis. Rien ne presse. « Je suis sincèrement désolée, arrêtons les jeux de piste, voici mon numéro : 06.69.41.4... » Des bruits de pas se font entendre dans le couloir, je ne bouge plus d'un poil. Tout en me répétant pour me rassurer, « ça-ne-peut-pas-être-lui-il-travaille, ça-ne-peut-pas-être-lui-il-travaille, ça-ne-peut-pas-être-... » Les pas s'arrêtent devant la porte, une clé s'enfonce dans la serrure. Je suis à deux doigts de me pisser dessus. Bordel, pourquoi ? Pourquoi ?!

Chapitre 15

J'ai des fragments
de ce moment
qui restent coincés
dans les recoins
de mon âme.
Ils réapparaissent
quand
je ne m'y attends plus,
comme du sable
que l'on retrouve
dans ses poches
à la rentrée des classes.

Eux

– AAAAAAAH !

– Mais qu'est-ce que tu fais là ?

– Toi, qu'est-ce que tu fais là ! Tu es chez moi, je te signale !

– Je, je suis venue m'excuser ! Pour hier soir, de t'avoir posé un lapin, j'ai...

– Ah, c'est gentil de t'inquiéter pour moi pendant que tu dragues d'autres mecs.

– Pardon ?

– Je vous ai vus sortir de chez toi tous les deux ce midi !

– Ah, tu m'espionnes, carrément ?

– Mais non, pas du tout, je sortais de mon immeuble !

– Pas possible, à cette heure-là, le samedi, t'es déjà au travail !

– Et c'est moi qui t'espionne ? Tu viens souvent dans mon appart comme ça ?

– C'est la première fois ! Je voulais te déposer un mot, avec des fleurs, pour que tu tombes dessus en rentrant, tiens... Oh mais, tu t'es fait mal à la main ?

– Oui, je reviens des urgences, quatre points de sutures, à cause de toi !

Chapitre 15

– À cause de moi ? Tu t'es fait ça en escaladant le toit ?

– Non, en ouvrant des huîtres. Je travaille dans un restaurant et je n'arrivais pas à me concentrer après avoir passé la soirée à me rendre compte que tu étais... Que tu étais où, en fait ?! Je t'ai attendue une heure là-haut !

– Je suis désolée ! je me suis fait embrigader dans une soirée. J'ai démissionné de mon travail, et mes collègues m'ont fait une surprise. Je te jure, j'étais tétanisée à l'idée de ne pas pouvoir te rejoindre. Je pensais vraiment pouvoir venir, mais tu sais comment c'est, un verre en entraînant un autre... Mes amis m'ont fait comprendre que j'avais un peu trop bu pour ça. Le mec que tu as vu avec moi ce midi est resté dormir ici avec une amie pour m'empêcher de passer par la fenêtre.

– Ton excuse, c'est que tu t'es pris une cuite avec tes collègues de boulot ?

– C'est pas une excuse, c'est juste une explication... Mais laisse tomber, je vois bien que c'est pas le bon moment. Je te laisse... Désolée pour la frayeur, désolée pour hier soir.

– Merci, j'ai McFly et Carlito dans la tête, maintenant.

– Qui ça ?

– Bah, ceux qui chantent « désolé pour hier soir » avec je sais plus qui.

– Oh putain, t'es sérieux ! C'est Tryo qui chante ça ! T'as quel âge ?

– Vingt ans, et toi ?

– Vingt-huit... La claque ! T'es un bébé, en fait.

– Tu peux parler, Mamie ! Tu sais que je pourrais te dénoncer à la police pour draguer les minots comme moi !

– Qui te dit que je te drague ?

– Euh, ce Post-it, là, peut-être ? « Après avoir regardé, si on touchait ? » Tu parlais de quoi ?

– Hahaha, j'ai écrit ça, moi ? Peut-être bien que je te drague, alors...

– Je te rappelle que je suis toujours en colère contre toi.

– Ah... J'y vais, alors.

– Oui.

– Tu me laisses passer ?

– Non, pas par la porte. Tu es entrée par la fenêtre, tu ressors par la fenêtre.

– Bon. D'accord... Bonne soirée, alors.

– Bonne soirée.

– Oh mais, c'est mon chat ! Qu'est-ce que tu fais ici ?

– Ariane ! Viens ici, Maman a été très méchante avec moi, elle ne mérite pas tes câlins !

– Ariane ? T'as donné un nom de meuf à mon chat ? C'est Polochon, son blaze !

– Mais attends, Polochon, c'est trop nul comme nom ! Et puis, c'est pas un garçon, il n'a pas de... Han ! Tu lui as coupé les...

Chapitre 15

– Ne l'écoute pas, Polochon ! Il ne s'est rien passé ! Allez, on rentre à la maison.

– Oui, rentrez bien.

– Merci. Je t'ai laissé mon numéro sur le Post-it, si jamais tu veux m'appeler un jour.

– Ah, merci... Attends !

– Oui ?

– Fais attention quand même. J'ai cru que tu mettais ton pieds dans le vide, là.

– T'inquiète pas, je gère.

– D'accord... Attends !

– Oui ?

– Tu vas quand même pas passer par la fenêtre.

– Bah, tu...

– C'est trop dangereux ! Bouge pas, je vais t'aider à descendre, donne-moi la main, voilà.

– Je passe par la porte, finalement ?

– Ça me fait bizarre que tu sois chez moi.

– Bah... Moi aussi.

– J'ai pas envie de te laisser partir, finalement...

– Ah oui ?

– Oui.

– Moi non plus, j'ai pas trop envie de partir… Tu m'en veux plus ?

– Si.

– Comment on fait, alors ?

– Je sais pas.

– J'ai peut-être une idée.

– Laquelle ?

– Si je t'embrasse, ça ira peut-être mieux après ?

– Essaie…

Fenêtres

Dépôt légal : décembre 2022

Achevé d'imprimer par Booksfactory en novembre 2022.
N° d'impression :

Imprimé en Union européenne